木頭村

——その山河が問いかけるもの

木頭村を知っていますか？

ロシナンテ社　四方　哲

ダム建設を止めた村がありました。四国山地に抱かれる木頭村（現那賀町）です。国が計画するともう止まりません。そんな難題をクリアした小さな村が木頭村でした。二〇〇〇年のことです。

村民のリーダーとして頑張ったのがこの本の書き手、藤田恵さんです。生まれも育ちも木頭村。戦争を挟んで中学校まで山の中で暮らしました。三歳の時に親戚へ養子に出され、小さいころから農作業、山仕事を手伝っていました。

一度、出かけてみてください。徳島県なんですけど、一番近い都会は高知の土佐山田。そこから車で一時間はかかります。曲がりくねった道をどんどんどん、四国山地の奥へ入っていくんです。深い谷があります。川が流れています。この辺りは昔から林業が盛んでした。植林されたスギが山をおおっています。ブナ林などの自然林も残っています。そして村を流れる那賀川周辺に役場などの中心街が形作られています。

藤田さん、子どものころ、兄弟や近くの子どもたちと山や川でいろんな遊びをしたそうです。山鳥をわなで獲ったり、川魚を捕まえたりしたそうです。そして暑さ寒さも関係なく続く、農作業と山仕事。そんな記録を「月刊むすぶ」(ロシナンテ社発行)に書き綴ってきました。

それらをまとめたのがこの本です。私たち日本人の原点がここにはあったんだ。自然に生かされてきた日本人。決して自然を抑え込むんじゃなくて、自然の恵みをいただきながら生かされてきたという実感が藤田さんの言葉からは伝わってきます。

藤田さんは一九三九年生まれです。お兄さんは徴兵されています。四国山地の奥深くまで戦争はやってきました。戦争は本当に津々浦々に押し寄せていたんです。

そして高校進学で村を離れます。電電公社に就職します。若いころは、熱心に労働運動にも参加します。

やがて木頭村にダム建設計画が持ち上がります。何とかダム建設をやめさせようと考え、その運動のリーダーとして、一九九三年、藤田さんは村長になります。ダム計画は二〇〇〇年に撤回されます。この事実は、日本の行政史上、本当にすごいことなんです。これまで動き出した公共事業のダム建設を中止にさせるなんてあり得ないことでした。

そんな藤田さんの昔語りとダム問題についてまとめた本です。

目次

第一章

緑の森が川を守る

土石流災害は「拡大造林」が元凶

毎年のように土石流災害が頻発しています。私は一九九七年十一月二十九日に東京新聞の『本音のコラム』で「森林の荒廃は国の崩壊」と題して、「拡大造林」による災害の続出する日が近いことを警告しました。不幸にしてこれが的中し、多くの人が土石流災害の犠牲になっています。（拙書「脱ダムから緑の国へ」緑風出版二〇〇四年刊に収録）

私は一日の雨量が一一一四ミリ（一九七六年九月十一日）の記録的な豪雨があった、徳島県旧木頭村《きとうそん》（現那賀町）の高い山々と川や沢に囲まれた山村で育ちました。子どもの頃からの山林労働などの経験と、約二十年前から数箇所の土石流災害の現地を見た結果、「拡大造林」が元凶であることは一目瞭然でした。

原因と考えられる主なものは、「拡大造林」後の手入れ不足による山肌の過大浸食、急峻な地形に幅員が広過ぎる農林道の開設、川や沢の直線化、里山の喪失、砂防ダム、などです。二〇〇四年八月の徳島県旧木沢村《きさわそん》（現那賀町）の土石流災害、二〇一三年十月の伊豆大島土砂災害、二〇一八年七月の広島県などで起こった西日本豪雨災害などが当てはまります。

二〇一八年の大分県山崩れの記事を毎日新聞、朝日新聞、神戸新聞の三紙で読みました。写真を見る限り、典型的な「拡大造林」が元凶であることは間違いありませんが、三紙共に「拡大造林」について全く言及していません。国交省、学者、防災研究所などの「深層崩壊」「岩盤風化」「地下水」などの見解を鵜呑みにした記事ばかりです。私は「深層崩壊」の原因は何か、「岩盤が風化していない」山林や「地下水」のない山林があるのかと問いたいところです。

本来の杉林と「拡大造林」の違い

私の約二十年間の林業体験から「拡大造林」より以前の杉林と「拡大造林」後の杉林の主な違いについて説明します。

第一は単位面積当たりの植付け本数の違いです。以前は一ヘクタール約五〇〇〇本（六十坪の屋敷の広さなら約十本）の粗放林でした。「拡大造林」では五〇〇〇本以上の密植林です。

第二に植える場所の違いです。以前は崩壊しやすい尾根付近と沢付近は広葉樹を残し、杉は植えませんでした。「拡大造林」では尾根付近も沢付近もすべて広葉樹を皆伐《かいばつ》して杉を密植しました。以前の杉林は杉と杉の間隔が広く、杉が成長して大きく枝が広がっても、日光を遮《さえぎ》ることはなく、杉林の中まで日当たりがよく、草や小木が育ち腐葉土の厚さも約五十センチあり、表土の上には広葉樹の葉と杉の葉が混じって何重にも積っていて保水力があり、大雨が降っても表土が浸食されることはありませんでした。杉の成長も旺盛で太い根が広く深く伸びて、岩盤までしっかりと食い込むため、杉林でも山崩れなどはほとんど発生しませんでした。そのうえ、杉林の中で楢《なら》の木などを育て、シイタケ栽培も兼ねている杉林もありました。

一方、「拡大造林」では、密植のため植林後数年で杉の枝葉がぎっしりと絡み合い、杉林の中へは日光がほとんど当たらないため下草などが全く育ちません。そのため少しの雨でも表土は浸食されています。杉は細くモヤシのように伸びて、根の広がりも狭く浅いため地層にも十分に広がらず、岩盤にも食い込んでいません。杉はただ岩盤の上に支えのない棒が立っているような不安定な状態のため、杉の自重に耐えきれず少しの雨や風などで、一気に杉林が崩壊することもあるのです。

「拡大造林」後の手入れ不足

杉林の間伐などの手入れ不足により、林内の山肌を保護する下草（草や細い木など）が全くないか少ないため、大雨で山肌がいっぺんに削られ、大崩壊を引き起こします。つまり「拡大造林」後の手入れ不足による、保水力の低下と山肌の過大浸食です。

「拡大造林」は、敗戦後の住宅建設などで杉や檜《ひのき》などの建築材が不足し、一九五〇年代から、ブナ、楢《なら》、シデなどの天然林を含む広葉樹を皆伐し、補助金で主に杉を密植する政策で、当時の農林水産省が推進してきた広葉樹敵視の愚策です。その後、一九六四年の林産物の貿易自由化で、杉材などの価格の暴落が今も続き、林業家は間伐や下草刈りの費用も人材も無く、杉林は荒れ放題の状態です。

幅員が広すぎる農林道

「拡大造林」と並行して、急峻な斜面に幅員が広過ぎる農林道を、崩壊しやすい地形、土質などを十分に考慮せずに開設したことです。このため大雨時に大量の雨水や伏流水により、農林道の擁壁からまず決壊が始まり、道路付近が崩壊し土石流が起こり、民家の流出が発生したと見られます。

かつて保守政権は土建業から政治献金を取るために、業者が儲かるよう幅四メートル以上の広い道路以外は補助金をつけなかったのです。

里山の喪失

里山は元来地滑りなど崩壊しやすい地形で、土質が肥沃な所が多いので土石流が起きやすい場所と考えています。したがって、崩壊防止のために先人の経験則で比較的根が張りやすい広葉樹などを主に生《は》やし、根が浅くて張りにくい杉はなるべく植えてはならない場所だったのです。かつて広葉樹などの里山は、田や畑に入れる草を刈る、薪を伐る、炭を焼く、シイタケを栽培するなど管理された場所で、大雨時でも十分な保水力があり土砂災害などを防いでいました。ところが、この里山も過疎化と農林業の衰退で荒れ放題となり、山崩れによる土砂災害が起きているのが現状です。

砂防ダム

砂防ダムが作られる典型的な地形は、V字形の急な渓流です。こんな所へ砂防ダムを作るとどうなるでしょうか。大雨で土砂が満杯になると同時に濁流が堰の上部を越流し、柔らかい両側の杉林などがいっぺんに浸食され、山崩れが起きます。「大雨災害の復旧工事」ですぐ予算が付き、また砂防ダムの建設です。このように、砂防ダムは建設業者の打出の小槌であり、必要性の有無に関係なく際限なく作り続けられている場所もあります。

その典型例が旧木頭村の久井谷という小さな沢に、エスカレーターのように建設されている約二〇〇基の砂防ダム群です。

急がれる災害防止対策

第一は、尾根と沢付近、民家に近い手入れ不足の杉林は公費の補償で皆伐する。一年もすると草木に覆われ過大浸食が防げます。

第二は、特に崩壊しやすい地形、土質の箇所から優先的に農林道の山側へ十分な側溝を作り、上部から道路への雨水の越流を防ぐ。

第三は、前記の優先箇所から順次、農林道の幅員を狭める改造工事をする。必然的に擁壁が低くなり崩壊しにくくなります。

第四は、農林道の擁壁へ十分な水抜きを作り、擁壁の内部への雨水や伏流水の滞留が少なくなるように擁壁を改造する。

第五は、前記の優先箇所の農林道の上下に孟宗竹を植えるなどの、里山の復元。先人の昔からの知恵を謙虚に学ぶべきです。

第六は、危険地域の民家の移転です。土砂災害が予測される危険地域の民家などの移転を、公的な補助も含め早急に実施することです。災害で多くの人命が失われることを考えれば急を要します。

第七は、誤った農林行政である「拡大造林」の非を国や自治体に認めさせること。そうしないと本格的な法整備による土石流災害防止は不可能です。

森林の保水力

大昔から現代まで多くの文明が森林の荒廃と共に衰退しています。今でも、世界的な森林破壊は進むばかりです。熱帯雨林などが毎年一七〇〇万ヘクタール（日本の約半分の面積）消失しており、六〇〇万ヘクタールが砂漠化しています。幸い日本の森林は二五〇〇万ヘクタールで国土の七割を占め、世界的にも極めて森林に恵まれた国です。

しかし、この日本の森林は人工造林も天然林（ほとんど二次林）も荒れ放題で、保水力は大幅に失われているのが現状です。森林を遠くから眺めると青々と茂っていても、保水力は低下の一途です。人がガンを患っても初期は自覚症状がないように、森林の内部は確実に衰退へと向かっているのです。

「森林に雨が降っても、樹木が水を吸い上げて木の葉から蒸散する一方、直接に木の葉についた雨水も蒸発する。また、森林の土壌の保水力も多くはない。したがって山へ植林をしても〝緑のダム〟の効果はほとんどない」という趣旨の講演を、大学の偉い先生から何回も聞いてきました。

ところが、これは森林で仕事に従事するなど、森林の近くで何十年も生活してきた私の経験則や、私以上に子どもの頃から森林と共に生活してきた年配者からは、「全く現場を知らない」「とんでもない机上の空論」と言わざるを得ません。

砂漠が森林に、水田に

私財を投じて一九五〇年代に、インドの広大な砂漠へユーカリを植林して水田が広がる豊かな町にした、杉山龍丸氏（一九一九年〜一九八七年）は、日本ではあまり知られていません。

私は、杉山龍丸氏の長男・杉山満丸著の『グリーン・ファーザー』（ひくまの出版刊）を読み、龍丸氏の偉業を初めて知りました。ヒマラヤのふもと付近の砂漠が森林になり、広大な水田も広がっています。まさに「森林が水を作り出す」ことを確信し感動しました。

「学会では、植物は水を蒸発し、土から水を奪うと考えられていて、俺の『植物は水を保有し土壌の中の水を増やす』という考えはなかなか理解してもらえん。治山治水という考えは日本の文化だ。この考えをもとに、世界の乾燥地を緑にすることは可能だ。これを実現したいと父は病に倒れる前によく話していた」(『グリーン・ファーザー』より)

学者や官僚は、杉山氏の植林で砂漠だった土地に広がっている森林、水田、都市を見ても、森林が水を作りだすことはないと言うのだろうか。科学は万能ではなく、机上の計算や限られた範囲の実験、調査などですべてが解明されるわけはありません。保水力をはじめとした、複雑な森林の問題でも同様だと私は考えています。

「大夕立」が降らない

「拡大造林」以前の一九五〇年代前半までは、尾根には豊かな広葉樹が茂り、植林も密植ではなく杉林にも草や小木が茂っているのが普通でした。この頃は、高い尾根の付近でも湧き水が絶えることはなく、干天が続いても最近のように川が極端に渇水になることは少なく、森林の保水力が豊かであったと十分に推測されます。

私は「大夕立が降らない」(東京新聞一九九八年八月二十九日付「脱ダムから緑の国へ」に収

録）と題して書いたことがあります。この趣旨は「拡大造林以前は、森林の保水力が豊富で大夕立が降った。今は、森林の保水力が低下したので、大夕立が降らない」という、私の経験即に拠る仮説です。拡大造林の弊害が顕著になる一九六〇年代前半まで、徳島の那賀川流域では午後三時頃、急に入道雲で空が真っ黒になり、やがて青白い稲光と、バリバリドッスーンと、生木を引き裂くような（実際に直径約一メートルの樅《もみ》の大木が雷でバラバラに裂けたのを見たことがあります）轟音と共に、大粒の雨がドーッと降って来る。時には台風のようにもなるこの豪雨は、一時間ほどで嘘のようにやんで青空が突如として広がる。これが大夕立です。梅雨が明けた七月中旬から八月下旬までは、木頭村の全域をはじめ那賀川流域では毎日のように降っていました。当時はこんな大夕立も全国的にごく普通の気象の一つだったに違いありません。私は毎年、夏にはあちこち渓流釣りに出かけていますが、近年は山間部でも大夕立にあった記憶はほとんどありません。

国の林業政策の誤り

一九五〇年代から一九七〇年代にかけて、国はいわゆる「拡大造林」を全国的に推進しました。毎年約三十万ヘクタール（日本の森林面積は約二五〇〇万ヘクタール）の広葉樹を皆伐して主に杉の密植を推奨しました。一方では木材の自由化を進めたため、杉材などの価格は大暴落しました。国は林業家を二階へ上げてハシゴを外したのです。安い輸入材に押されて、杉の原木を売っても大赤字で、原木を建築材に加工する製材業も軒並み倒産しました。

これでは、密植された杉林の下草刈りや間伐などに掛けるお金は出てきません。国策だからと大量の資金を借り入れて、大規模な拡大造林をしたため、この負債が返済できず植林した森林を、二束三文で裁判所に差し押さえられた多くの林業家を私は知っています。

一方、放置された杉林の中は枝が絡み合って全く日も当たりません。林内は少しの雨でも浸食され、杉の根本も剥き出しとなり河原同然の惨状となっています。保水力を失った森林に雨が降ると、いっぺんに川へ流出します。雨が蒸発しないから雲ができず、先述のように大夕立などの慈雨が降らず、大災害となる集中豪雨が多くなったとも言えます。

根本原因は国の林業政策の誤りであることは明らかです。しかし、この国の愚策である「拡大造林」の誤りと、毎年のように繰り返される土石流災害のほとんどの元凶が「拡大造林」にあることを論じた、論文や報道を私は見たことがありません。権力を批判すべきマスコミが、逆に国家権力に取り込まれて大本営発表となり、事故やスポーツ、パンダに類する報道ばかりで、何とも恐ろしい時代になったものです。

保水力調査のモデル林を作る

森林の保水力でしばしば問題となるのは、広葉樹と針葉樹のどちらが、保水力に優れているかということです。私の経験からの結論は、諸条件が同じなら広葉樹に相当分《ぶ》があると判断します。

しかし、土質（例えば、礫《れき》質、砂質、粘土等の割合）、土地の勾配、樹種、植林法、手入れ法、植林後の生育状況などにより、軽々にはどちらと優劣を断言できないのも当然です。

私は二〇〇二年頃に、ある大学の先生や学生たちの、森林の保水力調査の手伝いをしたことがあります。簡単に説明しますと、林内の一定区画内の数箇所へ浸透枡を打ち込み、これに沢から汲んで来た水を注いで浸透能を計測するという方法です。

私は二日間ほど水を沢からバケツで担ぎ上げました。この方法で広葉樹林と針葉樹林で何箇所か行われたのです。もちろん、浸透能が高い方が保水力に優れていると判断するのです。しかし、私はこの調査には大きな疑問を持っていました。

この保水力調査に対する私の疑問の第一は、広葉樹林と針葉樹林それぞれの調査区画の腐葉土を含む土質やその土地の勾配などについて、事前調査が十分行われていなかったことです。その結果、例えば、礫質や砂質が多く腐葉土が少ない区画の広葉樹林、粘土質などが多く腐葉土も多い区画の針葉樹林に偏った場合などと、勾配の差が大きい場合などは、計測した浸透能の信頼性が薄れることは当然だからです。

第二は、森林の調査にしては調査区画が狭過ぎる（それぞれ約一〇〇平方メートル）ように感じたことです。

第三は、それぞれの調査区画内へ打ち込んだ浸透枡の数も数個とかなり少なかった点です。

第四は、浸透桝へバケツで水を注ぐのと、自然に林内へ降り込む雨とでは浸透能が異なるのではないかという点でした。

森林の保水力については、特定の河川の流量、その河川の流域の森林面積、降雨量などからその森林の保水力を逆算したデータは読んだことがあります。しかし、広葉樹、針葉樹、混交林などについて精度の高い調査結果は、私の知る限り見当りません。これが無いので森林の保水力云々と言っても始まらないと考えます。この正確なデータがあれば、ある森林の保水力はその森林の種類ごとにデータを当てはめれば、客観的な保水力が得られることになります。このような、森林の保水力について正確なデータを出すための「調査モデル林」を以下のように私は考えてみました。

①　土質＝礫質、砂質、粘土質の三種
②　土地の勾配＝平坦、十五度、三十度の三種類
③　針葉樹＝杉、檜　、赤松の三種
④　広葉樹＝樫、楢、ウバメガシの三種
⑤　混交林＝針葉樹と広葉樹を混交植林し、どちらかを多く植林したもの二種

以上の種類をそれぞれ最低三〇〇平方メートルの「調査モデル林」を作るのです。植林後の最低五十年間は十分管理して、降雨ごとに保水力調査を行うようにします。「調査モデル林」の造成と植林に数億円、その後の維持管理、調査に毎年一億円もあれば十分可能である

と思われます。私は門外漢ですから、単なる一つの考え方に過ぎませんが、「調査モデル林」がないのが不思議でならないのです。

広葉樹林でも保水力低下

森林の保水力は低下の一途であることは、これまでも書いた通りです。国の愚策・拡大造林以降は杉林などの針葉樹林で格段に保水力は落ちています。しかし、拡大造林の一環でほとんど山の頂上まで伐り尽くされても、針葉樹が植えられていない二次林の広葉樹林でも大幅に保水力が低下しています。これは、伐採時に土地が掘られて荒れる、伐採後の集材時にかなりの上土が剥ぎ取られること。その後、ある程度の大きさまで二次林が育つまで土砂が侵食されたことが大きいと思います。

どの程度保水力が落ちたかについては、特定の森林にも援用可能な、森林の保水力の正確なデータが無いので断言はできません。しかし、森林を長く見てきた経験からは、最低でも三分の一以下になっていると推定されます。

私は東京新聞の『本音のコラム』で「きのこの季節」と題して、椎茸の自然栽培について書いたことがあります。（一九九九年十月二十三日付『脱ダムから緑の国へ』に収録）

椎茸の自然栽培の場所は広葉樹が疎《まば》らな山の尾根筋が多く、私は小学生の頃からこれを手伝っていました。直径十センチ～三十センチの楢の木を切り倒して、約一・五メートルに小《こ》切《ぎ》った原木を、馬酔木《あせび》や柘植《つげ》の常緑樹にも覆われた薄日が射す所を選んで寝かせるのです。この土台作りに直径約十センチの栗の木を土中に打ち込まなければなりません。

ところが、打ち込んでも打ち込んでも糠に釘で土に届かないのです。腐葉土に細い木の根がぎっしりと絡み、五十センチほどがスポンジ状になっていたからです。これが、尾根でもごく普通の広葉樹林だったのです。この保水力は推して知るべしです。私は今でも渓流釣りなどで時々、広葉樹林に分け入りますが、今はごく薄いスポンジ状の腐葉土さえ皆無です。

『水問題原論』を読んでダム中止に

「前代未聞の国の巨大ダムをなぜ小さな村が中止させることができたのか」との質問に、地元村民の団結、国会対策、マスコミ報道、全国的な支援の拡大等といつも答えてきました。ところが、一番重要な答えは、嶋津暉之著『水問題原論』（北斗出版刊）を読んでいたからです。単行本になるより前に同じタイトルで月刊誌の『技術と人間』に嶋津暉之氏が連載されていた頃から拝読して、いかにダムは虚構に満ちたものであるかが、多くの資料を基に理路整然と書かれていて、少なくとももうこれ以上ダムは作るべきではない、という強い確信は深まるばかりでした。

何と言ってもこの確信がダム中止への最大の原動力となったことは言うまでもありません。もしこの『水問題原論』がなければ「細川内《ほそごうち》ダムの中止は不可能であった」と言っても決して過言ではありません。タイトルの通り水問題を客観的な資料などから多面的な観点で著述され、この種の本では最も優れた本だと断言できると思います。

『水問題原論』の最初には、「水系におけるこれ以上の自然破壊、生活破壊を防ぎ、さらに失われた自然の復元をはかるため、自然・生活破壊の実態を掘り下げてその現実を伝え、同時に、それをもたらした現在の生活様式と社会構造を問い直し、あるべき方向を読者と共に考えることを企図したものである」と書かれています。

この本では、序章、第一～八章において「公共性のヴェールを剥がす」論証から「まやかしのダム必要論」の論駁《ろんばく》。特に第一～三章は「つくられた渇水」で、慢性的な水不足は事実ではなく、ダムの過大放流と水利権の意図的な設定によって作り出されたものであることを、図表やグラフを使いわかりやすく論述されています。

また第四～七章は「水需給の分析」。工業用水、水道用水、農業用水の今後の需要の動向を分析し、新たな水源開発なしで将来の水需要の充足が可能であることを実証し、第一～三章と合わせて利水面から見て今後の水源開発が不要なことが明確になっています。

そして第八章は、ダムによる洪水対策は机上の計算に過ぎず、かえって災害の危険性を高めることが論述されています。

第九章と十章では水道水の水質悪化と水道料金異常値上げについて、第十一章は地球環境問題も含め、将来の水供給の変動の可能性について、第十二～十三章は都市の地下水利用による、地盤沈下問題と地下水汚染問題の検証、第十四章の終章ではこれまでの検討を踏まえて、今後の水行政をいかに展開していくべきか、将来のありかたを具体的に論述されています。

著者は、本書により水源開発事業に対する基本的な疑問が呼び起こされ、新たな水行政の展開を求める声が、エコーのように拡がっていくことを強く期待したいと書かれています。

しかし、現実は保守政権のもと、「八ッ場ダム」を始め小豆島の「新内海ダム」、長崎の「石木ダム」など全国各地の不要なダムがゾンビの如くよみがえり、住民の反対を無視した建設の強行が相次いでいるのが実態です。

川の墓場

私は一九九〇年代から約二十年間、国会議員、弁護士、学者、記者、自然保護団体の活動家など多くの方々を、細川内《ほそごうち》ダムが計画されていた徳島県の南部を流れる大河・那賀川（流長一二五キロ）の下流から源流部まで、毎月のように自家用車やバスで案内してきました。

那賀川は下流から、川口ダム、長安口《ながやすぐち》ダム（放流水害裁判で、一九八八年に徳島地裁はダムの操作ミスを認定。二審の高松高裁では、一九九四年一審判決取り消し敗訴。二〇一四年八月の台風十一号時の放流水害でも住民が告発中）、小見野々《こみのの》ダムと三基のダムが既にあります。大雨の後の二、三か月間は褐色の濁流を、渇水時には淀んで腐った緑色の水を下流へ流すのが宿命となっています。

私や私と同じように子どもの頃から那賀川の清流の中で育った者の感覚からすれば、上流部の木頭《きとう》の小見野々ダムから下流は完全に死んだ川であり、川の墓場と言う人もあるほどに川は壊れ尽くされています。これは、約三〇〇〇基の巨大ダムで殺されている、全国の川でも同じような風景です。

しかし、案内した人たちの多くがこの死んだ那賀川の下流の流れを見て、最初に口にする言葉は決まっています。「素晴らしい清流ですね」。都会で育って勉強に明け暮れ、楽しい川遊びなどを知らないであろう人たちに「昔の本当の清流を知らないね。これは死んだ川ですよ」などと言うのは酷であり、何と言っていいかわからない気持にいつも襲われたものです。

田中正造は約一〇〇年前に「真の文明は、山を荒らさず、川を荒らさず、村を破らず、人を殺さざるなり」という名言を残しています。今は真に必要かどうかを検証もしない公共事業の名のもとに、川をはじめ海や山を荒らしまくる暴挙に、何の疑問も抵抗の姿勢も示さない人がほとんどです。まさに文明の破局の時代と言っても過言ではありません。

長崎県石木ダムに住民は四十年も絶対反対

作ることが目的と化した巨大ダムは、まだ全国各地で執拗に作られ続けています。しかし、大きな川には作る場所が尽きたためか、小豆島の新内海ダムのように川もない山に作り、世界的な景観の「寒霞渓」を台無しにしています。

「水道水が増える」「洪水を防ぐ」など長崎県の嘘の申請を鵜呑みに、国が建設計画の事業認定をした同県川棚町の石木ダムも、必要性の議論もないまま、一方的な強制執行が行われる危険が迫っています。

石木ダムは長崎県が石木川の川棚町に建設を強行しようとしている多目的ダムです。建設の理由としている、利水、治水には全く根拠がなく、地元の住民は四十年間も絶対反対を貫いておられます。

石木ダム建設反対長崎県民の会は「水は余っている」「上流からの大水で水害は起きていない」「全く必要のないダムに住居や土地を絶対に明け渡すことはできない」と主張しています。

石木ダムは、河川延長約十九、四キロの小さな二級河川・川棚川の支流、石木川の小さな水路のような小川に計画されています。ダムの高さ約五十五メートル、ダムの幅二三四メートルと小川のダムとしては異常に大きなダムと言えます。

地権者や多くの住民の反対を無視して国は二〇一三年九月、土地収用法に基づいて地権者らの土地の強制収用も可能となる「事業認定」をしたため、地権者の住宅などが、強制執行の危険にさらされています。

長崎県地方自治研究センターと同県平和運動センターは、地権者などとダムの必要性の議論もないまま、一方的な強制執行は、憲法十三条に保障された人格権を奪うもので、辺野古新基地建設強行と同じであり、絶対に許せない旨の、強制執行を憂慮する声明を出しています。

一方、ダム建設に必要な道路の付け替え工事は地権者などの座り込みによる反対運動で阻止していますが、これも反対派がいないうちに強引に現場に入り、木の伐採などの工事に着手しているのが現状です。

佐世保市の住民向け広報によると「佐世保市は慢性的な水不足が続いており八年後の二〇二四年には一日に約四万トンもの水源不足が予測されるので、それを解決するには石木ダムを建設するしかない」と説明しています。しかし、人口減少、節水、水を大量に使う農工業の縮小の続くなか、ダムを作るための言い訳であることは明らかです。

長崎県が不当にも四軒の農家の農地を二〇一五年八月に収用してしまいました。私も現地の共有地を持つなど微力ながら支援していますが、二〇一六年一月八日付けで長崎県石木ダム建設事務所から、「立会等要請書」が送付されてきました。

これは、多くの支援者と私共の共有地を収用するために、長崎県が収用委員会に収用・明渡し裁決を申請する（第三次収用・明渡し裁決申請）手続きの一つにすぎません。第一次収用・明渡し裁決申請に基づく裁決は昨年出され、前述のように農地を収用しています。第二次収用裁決申請に基づく収用委員会審理開催が試みられていますが、四世帯の住居を含んでいることもあり、収用委員会開催中止要請行動によってストップさせているところです。

今回の第三次収用・明渡し裁決申請は、私共の共有地と、九世帯のみなさんの住居と土地が対象になっていて、これですべての物件が収用対象として収用・明渡し裁決申請されることになります。しかし、収用・明渡し裁決を申請するには、収用する土地を特定するための測量図面提出が義務付けられています。第三次収用・明渡し裁決申請の準備として、長崎県は測量のための現地立入りを強行しようとしましたが、十三世帯のみなさん、共有地権者を含む支援者のみなさんが抗議行動をして立入りを断念させました。

子どもが遊べない日本の川

二〇一五年九月の台風十八号による鬼怒川堤防決壊をはじめ多くの水害は、マスコミ報道のように、大雨による不可抗力の天災、「越水破堤」などの見解は一つの現象かも知れませんが、根本的な原因ではありません。私が再三主張しているように、水害の根本的な原因は本来の山と川が破壊されたためです。

その主な例は**①拡大造林と手入れ不足等による森林の保水力の低下、②無謀な林道や農道の開設、③里山の喪失、④巨大ダム、⑤砂防ダム、⑥河川の直線化**などです。

河川の直線化

河川の直線化などと言っても、川と人の生活を合法的に根本から破壊する法律である河川六法に守られて、巨大ダムの建設をやっている多くの河川工学者と官僚、これらの情報を無批判に垂れ流すマスコミの記者には何のことかさっぱりわからないでしょう。無理もありません。流れが大きな岩に突き当たって、複雑な流れで蛇行を繰り返していた本来の川などどこにも無くなり、日本の川は直線的な流れになっているからです。

私が子どもの頃に過ごしたのは四国徳島県那賀川の上流・北川集落です。この前を流れる本流にはわずか二キロほどの区間に、今思い出すだけでも大きな淵が十二箇所もありました。淵にはヤブチ、スケフチ、モツゴブチなどすべてに名が付いていました。カンキチ淵は、昔カンキチという人が入水した淵だと言い伝えられていました。

今はわずかに淵の面影を残す所は、たったの一箇所のみです。大河・那賀川の本流も川とは名ばかりで、単なる直線の水路と化しているのです。これは、ごく一部の川を除き全国の川の現状でもあります。

「ワンド」で大水を逓減《ていげん》して水害防止

幅数十メートル、長さ約一〇〇メートルの大きな淵には必ず「ワンド」という、水が深くて大きく膨らみ、流れが渦巻いて上流へ逆流するような所がありました。小学生の友人が泳いでいて渦に巻き込まれて亡くなったのも、この大きなワンドでした。

大水が出ると濁流となったこのワンドは、河原や岸辺の方へどんどん広がったものです。小さな支流から少し上流へ流れ込んだ濁流も、このワンドへ合流してほとんど下流へ直接は流れないようになっていました。このように、大水を下流へ徐々に流して洪水の逓減と、鮎やアメゴ、鰻など多くの魚の避難場所でもあったのがワンドです。

大水には家族で魚すくい

私が生まれ育った那賀川上流の旧木頭村は、一九七六年九月、一日に一一一四ミリという当時日本記録で、実に香川県の約一年分の降雨を記録した豪雨地域です。山も川も健全だった一九五〇年代から一九六〇年代始めの頃までは、大雨が続いても最近のように河原全体が濁流で埋まり、川がすべて水路のようになる洪水は全く記憶にありません。

年に一、二回大雨で濁流となった河原の浅い場所や、鮎やアメゴ、鰻、雑魚など多くの魚が避難しているワンド付近へ、家族総出でタモ（魚をすくう道具）、ザル（通常はご飯などを入れる竹で編んだ籠）、ドロミ（農作業で土をすくう竹製の道具）を手にして出掛け、持ち帰れないほどの魚を獲ったのがニゴリモチという、子ども時代の一番楽しい思い出です。

良い子は川で遊ばないの立札

今はどうでしょうか。川は危険だからと、どんな田舎でも消毒液のプールで子どもは水泳を余儀なくされ、川で魚を獲る遊びも知らないのは私の故郷だけではないでしょう。カヌーイスト・エッセイストの野田知佑氏によると、日本の川をすべて壊しまくった国交省（旧建設省）は、「良い子は川で遊ばない」という立て札を日本各地の川に立てているそうです。

上流部にあった昔からの竹藪などの水防林を伐り、一箇所でもコンクリートの堤防を作ると、今までの流れが激変します。下流の何百年もの昔から安定していた、自然堤防などが大雨ごとに崩れ始めます。同時に淵も土砂で埋まってしまいます。その結果は、もう書く必要もないでしょう。海までの直線化と巨大ダム。支流には砂防ダム群というのが全国的な川の惨状です。

上流でも下流でもダム水害

大雨時に洪水で満杯となったダムのゲートを開けると、下流が大災害になると同時に、ダム湖周辺や上流も恒常的に水害に見舞われます。これは堆砂（ダムに溜まる土砂）が大きな原因です。言うまでもなく、堆砂で河床が高くなっていて、下流へ水が流れにくいため、大雨時にダム湖周辺や上流が氾濫して水害を招くのです。

国交省は、堆砂対策として排砂バイパス、貯砂ダム、上流の沢などへさらにダムを作りそこへ捨てる、大雨の時に一挙に下流へ流す、等々一部試行しています。しかし、抜本的な堆砂対策はありません。私は最近、以前に細川内ダム中止を要請した元建設省河川課長に、「膨大な堆砂は取る方法も、捨てる場所も無いがどうするのか」の旨を質問しましたが、何の返答もありませんでした。

大雨が降るとやがてダムは満水となります。これ以上の貯水が増えるとダムのゲートの上を大量の水が越流してゲートが壊れる恐れがあるので、急遽ゲートを開けます。

ダムの下流は大雨で川の増水と内水で水害の恐れ寸前に、さらに上流のダムから大量の水が洪水となって押し寄せるので水嵩は一挙に上がり、家屋の流出など氾濫の水害を招くのです。これは至極当然のダム災害ですが、この時に同時にダムの上下流共にダム水害が発生することがほとんどです。以上は那賀川での数十年来の私の経験と、全国的な現状でもあります。

しかし、こんな明らかなダム水害も電力や県、建設省（国交省）はダムからの放流データの改竄《ざん》と隠蔽は朝飯前で、テレビや新聞などのマスコミも事実を自ら調べたり、追及する能力も気力もないためか「大雨災害」だけの報道に終始していることは言うまでもありません。

ドロボウ国家日本

「拡大造林」は多くの国の施策のように、補助金バラマキ事業の典型で、私共の払った血税である税金（補助金）の無駄使いやごまかし（詐欺）などの不正が公然と行われてきたのです。この不正について、私が数十年来お付き合いしているTさんの証言の一部が本稿です。

Tさんは八十歳を過ぎた現在も元気に仕事をされています。子どもの頃から杉の植え付け、下草刈りなどの手入れ、間伐や伐採、木馬引き、川流し、太いワイヤーを張った索道、などを使う木材の運搬、直径二メートル以上もある太いブナの木の伐採、稲作、椎茸作り、柚子栽培など、ほとんどの農林業にTさんは長年携わってこられた人です。

Tさんによると、「拡大造林の補助金は杉などの主に植林面積、苗代、労賃などに対して国や県から四割ほどがもらえた。そこで一番に目をつけたのが、造林面積の水増しだった。補助金を申請すると、申請書の図面と現場の面積などが合致しているかどうかについて、国や県から検査官が実際に山へ来ることがあった」そうです。

実地検査に来た農林省（当時）などの官僚は、急峻で岩だらけの雑木林に分け入ることは危険だから誰もやりません。車から降りた林道で、面積を測る作業員が雑木林の頂上へ向けて繰り出す、巻き尺の目盛りを確認するだけでした。例えば、一〇〇メートルの巻き尺が二つ繋がれて一辺が計測されると、二〇〇メートルと書き込まれ図面を確認する。しかし、実際の距離は一五〇メートルという具合です。それは、頂上の下から見えない所にいる作業員が五十メートル分はただ巻き尺を手繰っていただけなのです。

こんなやり方で「拡大造林」の雑木林の面積が水増しされるのが当り前だったと言います。地元で林業の経験が長年あり、雑木林のおよその面積をあらかじめ知っている人以外は、急峻で地形が複雑な森林を多少見ても、その面積を把握することは不可能なためです。特に机上で書類や図面ばかり見ていて、山林という現場を知らない官僚を手玉に取ることは、朝飯前だったそうです。

こうして補助金の基礎的な森林面積が水増しされると、労賃や苗木代なども次々水増しされ事業主は笑いが止まりません。当時、現場で働いていたTさんも、この不正に加担した一人ですが、不正を明らかにすると職を失うので誰にもできなかったが、今でも忸怩《じくじ》たる思いは続いているそうです。

「オレオレ詐欺」に取られた金を取り返してやるという新手の詐欺を時々耳にしますが、これによく似たものが、一九八四年に林野庁が設立したいわゆる分収育林の「緑のオーナー制度」ではないでしょうか。

「拡大造林」は国策だからと大量の資金を借り入れて、大規模な造林をした負債が返済できず、植林した森林を二束三文で裁判所に差し押さえられた多くの林業家を私は知っています。林業不況が深刻になり、林業にとって将来何の展望もない一九八〇年代半ばから林野庁は「緑のオーナー」の募集を始めています。これも国策だからと信用して、全国で約八六〇〇〇人、契約口数は約十万口、契約金額は総額五〇〇億円と言われております。これに乗って市町村でも、地元出身の有名スポーツ選手などを宣伝に使い、独自の「緑のオーナー」を大々的に売り出した町もあります。

しかし、一口五十万円で植林後三十年程度の人工林に投資して、十五年から三十年後に販売した収益を分配するとの触れ込みのうまい話も、木材価格の暴落は止まらず、投資のほとんどが元本割れになり、元本の半額以下になったケースも多く、大阪地裁では損害賠償請求裁判が起こされ、原告が勝訴したことは周知の通りです。

土砂災害、税金のごまかし、林業家の破産と、悪魔のような「拡大造林」でも、誰も責任を問われず、二〇〇八年まで約六十年間も延々と続けたのは、さすがドロボウ国家日本です。

第二章

戦争を生き抜きました

五人もの兄が戦争に

一九四五年八月十五日に日本が無条件降伏した日米戦争（第二次世界大戦）では、私の五人の兄に赤紙が来て、二人が戦死、一人はほとんどが全滅したガダルカナル戦で密林へ逃げ込み、奇跡的に生還しました。後に二人の兄も何とか生きて帰って来ましたが、五人が戦地にいる間に両親は病没し、家に残された六人の兄弟の中で一番の年上は、その時十一歳の姉だったのです。苦労してやっと一人前に育て、働き盛りの五人の息子をすべて強制的に戦地へ送られた両親の無念さと、十一歳の姉のつらさを想像すると、これ以上の過酷な仕打ちはないと、私はいつも腹立たしい限りです。

これは大敗することが火を見るよりも明らかだった大戦に国民を駆り立てた、天皇を元首とする無責任な日本政府と、これをあおった新聞をはじめとする言論人などの大罪であると同時にこれらに踊らされた、無知蒙昧な多くの市民の責任でもあると思います。

私は物心がついてから、いつも頭から離れなかったことは、五人の兄たちとほぼ同年代で、戦争に行っていない元気な人が近くに何人かいることでした。この中には村内で屈指の資産家の二人の兄弟もいました。その頃、意味はわからなかったのですが兵事係という用語を知り、五人の兄と何か関係があるのではないかと、子ども心に残り続けていたのです。

その後、この「五人の兄との関係」が判明しました。つまり、赤紙を誰に出すかを実質的に決めていたのは村役場の兵事係だったようです。そのうえ、かなり兵事係が恣意的に決めていたこともわかってきました。この兵事関係の書類は敗戦と同時にすべて焼却されたらしいので、今さら詳しい内容を知ることは不可能です。

せめてその兵事係の名前だけでも知りたいものだといつも思っていましたが、既に敗戦後七十五年も経ち、当時二十歳の若者でも今は九十歳を超えたことになり、当時の役場職員で健在の人は一人もいません。当然、戦時中の村役場の事情を詳しく聞き出すことは到底不可能なことだと諦めています。しかし、私たち一家を不幸のどん底に落とし込んだ兵事係が恣意的だったとしたら、絶対に許すことはできません。前記のようにせめて名前だけでも知りたいという私の気持ちは、無理のないことだと思っていたのです。

兵事係へ復讐

ところが、名前を知りたいどころか、兵事係と軍隊で制裁を加えられ古参兵を探し出して二人に完全犯罪を狙って復讐するという、松本清張の半自伝的長編小説『遠い接近』を最近読み、私の兵事係に対する推測と、戦争から帰って来た三人の兄から再三再四聞かされていた軍隊の過酷さと、でたらめさが事実であったことがはっきりしました。

『遠い接近』のあらすじは、「石版画工の山尾は、腕一本で家族を養うために印刷屋からの締め切りに毎日追われ、仕事は深夜まで続くので、戦時訓練は休みがちであった。山尾の事情も考えず、欠席を根に持った兵事係は三か月の教育訓練の赤紙を山尾に出す。訓練では何の理由もなく、古参の兵士から翌日も起き上がれないほど殴られる地獄の暴行が続く。三か月で家業に復帰できると辛抱していたのに、二か月で本式の赤紙を受けて朝鮮へ出兵。稼ぎ手が不在の親子六人は、東京から田舎の広島へ疎開して原爆により全滅する。敗戦後に東京へ帰った山尾は、殴られた古参兵の闇商売の手下となるが、恨みは決して忘れてはいない。そのうえ、自分と家族を破滅に追い込んだ赤紙を出した兵事係を突き止め、二人に復讐を実行する」という内容です。

小説ではありますが、赤紙の理不尽極まりない手続きの実態と、徴兵された兵隊の扱いがどんなに過酷であったか。ここまでの話は実際に三十五歳で教育召集を受け、その後朝鮮へ送られた松本清張の自伝そのものと言っても過言ではないと思いながら読みました。

「ケツベタ」「蝉」

ケツベタ＝海軍では何の理由もないのに、精神棒という樫の棒で尻を何回も殴られ、毎日のように殴られる兵隊は尻が腐って死亡したり、除隊させられる者もいた。

蝉＝同じ理不尽な制裁で、柱などに蝉のようにしがみ付き「みんみんみん」と蝉の鳴き声を強制する。これを笑いながら古参兵らが眺めて「蝉になっとらん」などと背中を樫の棒で叩く。

海軍で一人一回の入浴に使える湯は洗面器に三杯まで。これで身体を洗い、衣類もすべて洗濯しなければならない。洗った服や靴下などを干しておくと必ず盗まれるので、交代で見張りをした。それでもなお少しの隙に盗まれることがあった。服装検査の時などに「盗まれた」と言い訳をすると「天皇陛下の物を盗まれるとは何ごとか」と精神棒が飛んでくるので、必ず盗み返さなければならなかった

以上は海軍の兄から聞かされたごく一部ですが、小説にも同じような制裁が多く出ています。

保守政権は戦争の国を目指して暴走中です。今は戦争をしていなくても学校、職場などあらゆるところで「いじめ」とごまかしている、理不尽な暴行や暴力が日常茶飯事となるほど、日本は経済成長至上主義で狂ってしまいました。新聞やテレビではほとんど報道されませんが、既に現在の自衛隊でも多くの自殺や逃亡が問題となっているのが現実です。

これが徴兵制となり、戦争で明日にも戦死するかも知れない軍隊では、どうなるかは想像に難くはありません。小説と兄たちの話と同じように、全く理由のない暴行や暴力は歯止めなく拡大することは当然の成り行きです。暴行で殺されても、何事もすべてが密室の軍隊では「病死」として、遺骨だけでも家族に届けばよい方だと、私は背筋が寒くなる思いです。

また兄に赤紙

二人の兄が戦死し、戦場にも二人の兄がいた頃、一九三九年生まれの私は五歳でした。日本のほとんどの都市は爆撃で焼き尽くされていたと思います。旧制中学を卒業して浪人中の十四才年上の兄にも、敗戦の約三か月前に赤紙が来て、戦争に取られた兄が五人となりました。「千人針」が始まって、赤い糸でぶつぶつに縫われた白い布だけを記憶しています。

門出祝の日に近くの親戚へ使いに行った帰り道、銀色に光りながら遥か上空を飛んでいる飛行機を見つけました。アメリカの飛行機に違いないから撃たれると思って、大人の言いつけを守りとっさに石垣へ全身をへばりつけました。息を殺して小さくなる飛行機を必死の思いで見送ったのです。これを思い出すといつもおかしくなります。いよいよ出征する日に、小学校の運動場の号令台から兄が、集まった大勢の人たちを見下ろしながら、大きな声で米軍を何とかかんとかと、演説口調で元気な挨拶をしました。「ベイグン」のみが耳に残っています。

私の戦争の記憶は前記のように五歳の一九四四年頃ですから、誰も口にはできなくても敗戦は近いと、多くの人が実感していたと思います。灯火管制で夜間はガラス戸の内側を黒い紙で覆っていました。爆撃に備えて消火訓練が時々行われており、子ども心にもこの訓練は滑稽で、見るのがおもしろかったのでいつも訓練を楽しみにしていました。二十軒ほどの大城組という集落の端にある寺の境内での訓練の時です。B29が落とす焼夷弾に見立てた、真赤な布にくるんだこぶし大の石を、各戸から集まった人々の円陣の中へ組長が投入れます。それへ急いでむしろを被せ、その上へバケツで水をかけるのです。寺の坊さんが手水鉢の水を庭へ撒くようなしぐさで、片手で少しずつ撒いていて、組長にこっぴどく叱られたのがおかしくはっきりと記憶しています。

竹やり訓練というのも行われていました。直径約五センチ長さ二メートルほどの淡竹《はちく》の先を、剣のように尖らせ火であぶって固くしたのが竹やりです。米兵に仕立てたわら人形を、この竹やりで突き刺すのです。「前々、後々」などと言う指導者の掛け声に従って、「エイー、ヤアー」と、もんぺ姿のお母さんたちも真剣に突いていました。B29の爆撃機から雨が降るように落とされる焼夷弾で、日本中が焼き払われている最中に、手水鉢に竹やりとは、愚かな戦争の悲惨で滑稽な記憶です。

献納《けんのう》

戦闘機などを作る資材が不足とのことで、鉄類はすべて取り上げられました。一九四一年の金属類回収令です。これを献納と言っていました。まじめな人は伝家の宝刀まで献納したのです。近所のKさんは、先祖伝来の日本刀を三十センチほどの鉈《なた》に改造して使っていました。鉈は生活必需品だからということで、献納を逃れるためだったのでしょう。

知人のYさんの家では先祖が殿様からほうびにもらったと言い伝えのある、銘の入った短刀を石垣の穴へ隠して、何とか献納を免れたとのことです。ところが、戦後に探したがどこの石垣だったかわからなくなり、短刀はいまだに見つからないそうです。神社の本殿へ上がる鉄の手すりまで、献納のために取り外しました。「木頭号」という飛行機の写真の回覧板がきたのもこの頃です。木頭村から献納した鉄で作った戦闘機だというわけでしょう。この種の写真は各市町村の名前をつけて全国へばらまかれたに違いありません。

これはまさに子どもだましの真赤な嘘です。飛行機を製造する工場も焼き尽くされていた頃ですからなおさらです。集めた鉄もどこへ行ったかもわかりません。戦時中に集めた金属、貴金属などは戦争に使われることはなく、戦後隠匿物資としてGHQや日本の保守政党の設立資金に横流しされていたことは周知の通りです。

近所の戦闘機乗りだったというTさんが戦死して、遺骨が届き葬式がありました。Tさんの弟さんが白い布に包まれた遺骨が入った四角な箱を、白い布で首から吊して両手で抱いていたのを鮮明に記憶しています。Tさんの母親は「物置の天井から、毎朝のように縄がぶら下っているのが不思議だった。作業のじゃまになるので取り外しておいてもまた翌朝にはぶら下がっていたこの縄はTさんが戦闘機乗りになるため、片手でぶら下がる訓練のためだったらしい」と言っていました。こんな大人の話を聞き、戦闘機乗りは妙な訓練をするものだと、不思議でなりませんでした。

「戦争に負けたぞ」

私が住んでいた北川集落（現那賀町木頭北川）で一番先に敗戦を知ったのは親戚のMさんでした。当時Mさんは北川郵便局と約十三キロ下流の郵便局との、郵便物の逓送《ていそう》係を自転車でしていました。下流の郵便局で敗戦を聞き、北川への帰り道で会った人に「戦争に負けたぞ」と知らせたところ、その人は冗談かと思い「そんなことを言ったら、引っ張られるぞ（逮捕されるぞ）」と、たしなめられたと、よく話していました。当時のラジオは超貴重品でしたが、真空管が切れてほとんどが故障していました。正常なラジオでも感度が悪くて、敗戦のニュースを聞いた人はいなかったと思われます。

戦争に取られた五人のうち、何とか生き残った三人の兄が戦後まもなく帰ってきました。敗戦直前に召集された十四歳上の兄は、戦地へ送られることもなく一番元気でした。私はこの兄と共に親戚の子になっていたのですが、ほかの兄たちも時々泊まりに来て、戦争の話をよく聞かされました。

敗戦の翌年一九四六年四月、私は国民学校（翌一九四七年小学校に）一年生となりました。敗戦からわずか八か月後で、学校へ持って行くカバンもありません。兄が軍隊から持ち帰った草色の掛けカバンのような雑のうと、同じ兄の戦闘帽を縫いすぼめて小さくした帽子を被っての通学でした。

風呂敷などでの通学生がほとんどだったなかで、K君は叔父が戦争から持ち帰った雑のうと戦闘帽で、私と全く同じだったのを鮮明に記憶しています。

教科書は使いふるしで、あちこちのページに墨を塗らされました。昨年までは「鬼畜米英」で、「天皇陛下のために一人になるまで戦え」「玉砕せよ」と自爆テロを教えていた教科書ですから、GHQの命令で、少しでも軍国主義的な箇所は墨を塗って読めなくしたのです。

本の大部分に墨を塗ったように思いますが、「ヘイタイサン」が鉄砲を担いで行進している絵のページを塗りつぶしたのだけは、鮮明に記憶しています。習字の時間には習字紙がないので、新聞紙を今のB4くらいの大きさに切って使いました。

進駐軍が学校に

進駐軍が学校へ来た日です。撃たれるかも知れないのでN君と二人で、教室の縁の下へ隠れました。蜘蛛の巣だらけになって、運動場の近くの教員室の下まで這って行きました。縁の下の壁の節穴からおそるおそる外を覗いていると、四、五人の進駐軍兵士が二台のジープに乗ってやって来ました。同級生で身体が一番小さいT君を、兵士が抱き上げてジープに乗せたのにはびっくりしました。T君はニコニコしながら兵士から何かをもらっているではないか！　やっとジープが校庭から出て行き、これで安心だと、N君と縁の下から這い出てみると、みんながチョコレートをもらって喜んで食べているところでした。

一年生から六年生まで各学年に、一着だけ雨合羽の配給があり、一年生では私が抽選で当たりました。当時はすぐ破れる油紙の雨傘があればよい方で、雨合羽はとても貴重品でした。ところが、「みんなの前で着てみないか」と先生に言われ、新品を着るのが恥ずかしいので、私がぐずぐずしていると先生は抽選をやり直し、その雨合羽はO君がもらいました。薄い草色の雨合羽と若い先生の名前は忘れられません。叱られると思ったので家では何も話しませんでした。

近くのNさんが箱に入った古い茶碗を持って来ました。Nさんの先祖は雷に撃たれたので、Nさんはとても心配症だと言われていました。「この茶碗をあげるから、命だけは助けて下さい」と英文の手紙を書いてくれと兄に頼みに来たのです。兄は「そんな心配はしなくてもよい。こんな立派な茶碗はもったいない」と説得しましたが、Nさんが聞かないので、兄はNさんが言う通りに書いてあげました。戦時中に軍紀が乱れた日本軍が、国際法違反の虐殺をあちこちで繰り返していたので、Nさんはその仕返しを恐れていたのです。

北川小学校には講堂がなかったので教室の仕切りを取り外したり、校庭などでナトコの映画会が時々ありました。ナトコはアメリカの占領政策の一環で（3エス政策、つまり映画のS=スクリーン、スポーツのS、セックスのSで勤勉な日本人を堕落させる政策）、日本人に見せたアメリカ崇拝用の教育用映画です。

記憶にあるのは、古い自動車を山のよう積み上げて焼くシーンです。日本人のほとんどは明日の食べる物も無い、まして自動車などに乗ったこともない時代に、アメリカには自動車が焼くほどある。いかにアメリカは素晴らしい国であるか、大人も度肝を抜かれたことでしょう。

第三章

百姓の想い出

百姓の子になる

霧雨がしとしとと降る夏の朝でした。三歳の私は土間へ降りて座敷の方を見上げると、二歳上の兄が膝を抱え、両手で涙をぬぐいながら「おらが行く、おらが行く」と声を出して泣いていました。一番歳下の私が親戚へもらわれていくというのに、父母やほかの兄弟など、その場の記憶はこれだけしか思い出せません。当然その時の自分の心境も不明ですが、普通なら私が行きたくないと泣き叫ぶところで、「兄が行きたい」と泣くほどですから、子どもでもその時のやむを得ない家庭の事情を察していた、としか考えようがありません。

迎えに来た叔母に連れられて私は家を出ました。八歳上の姉が約一キロ、トンネルの入り口まで送ってくれました。川上への狭い道路を叔母に手を引かれて十キロほど歩き、急な坂道を一キロほど上って伯父の家に着きました。おそるおそる土間から上がった時、板の間へくっきりとついた自分の濡れた足跡が今でも鮮明に思い出されます。土間の入り口のガラス戸越しに外を見ると、すぐ向かい側が牛小屋で、刈ってきた草の荷を叔父が降ろしているところでした。

この日からいつの間にか七十数年も経ってしまいましたが、これが私の百姓の始まりであり、それから二十年以上も農林業のあらゆる仕事を手伝うことになったのです。

叔父の家は棚田の水田が約五反、畑が約三反、近くの里山が約十町歩、山林数百町歩という、かなりの農林業家でした。簡単に言いますと、家の周りはすべて水田や畑、里山に囲まれ、家から遠く見渡す山々もほとんどが叔父の作業範囲であり、盆と正月以外は休む暇もなく、毎日毎日が文字通り猫の手も借りたいほど、仕事に追いまくられているという家庭だったのです。

以下は篤農家《とくのうか》の叔父の家で、一九四〇年代から一九六〇年代に私が経験した農林業のごく一部であり、当時の農林業がすべてこのような方法で行われていたものではありません。

大雨の草刈り

その秋の雨の日でした。近くに住む叔母の妹が手伝いに来て、三人で弁当を持って草刈りに出かけ、家から一時間ほど谷沿いのけもの道を登りました。急峻な草野《くさの》（茅が生えてる草刈り場）の入り口付近の大きな松の木の下で朝飯を食べましたが、みの笠などの雨具をつけていない私はずぶ濡れになってしまいました。昔の農林業は重労働なので、通常の朝食と夕食の間に、午前十時前後の朝飯、午後二時前後の二番茶《にばんちゃ》と、一日に計四回の食事が普通でした。雨が大降りになっても、みの笠の叔母たちは草刈りをやめませんでした。

草束で伯母が作ってくれた、草の小屋のような雨除けの中へ私はもぐり込むようにして、泣きながら二人の草刈りを眺めていました。いつの間にか、草の中で私は眠ってしまったらしく、叔母に揺り動かされてびっくりして眼を覚ますと雨はやんでいたように思います。

子どもでもある程度できる山仕事は杉の下草刈りで、最初に教えられた作業でした。普通の草刈り鎌ほどの小さな別注の下草鎌（大人用の下草鎌は、杉林などの手入れなどで草や木を刈り倒す四〇〇グラム以上の大きな鎌で、一メートル以上の長い柄《え》がついている）を持たされ、山へ連れて行かれました。もちろん、三歳では鎌をうまく使えませんが、その鎌をおもちゃ代わりに持って、大人の作業を見ながら自然に山仕事の基本を覚えたのでしょう。

この調子で小学五年生頃からは、薪伐り、炭焼き、草刈り、掛樋《かけどい》作り、すまくら打ち（牛を使って田を耕すと隅だけ残るので、そこを人間が鍬《くわ》で耕す作業）、畔《あぜ》付け（水田の畔から水が漏れないように、たいらな鍬を使い水田の粘り気のある土だけを選んで、畔の内側へ薄く強く貼りつける作業。かなりの技術と体力が必要な農作業で大人でも苦労する）など、田植えのすべての手伝い。杉の植え付け、大きな木に登って柿や柚子の収穫。縄綯《なわない》機《き》で縄をなう。大きな刃がついた「込《こ》み切り」という道具でわらや干し草を小さく切って、牛の餌を作る。飼っている山羊や鶏、兎などの世話と、ほとんどの手伝いをしました。

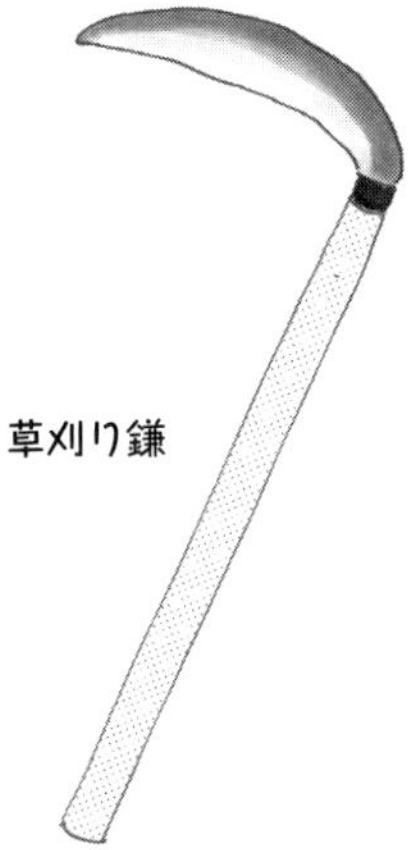

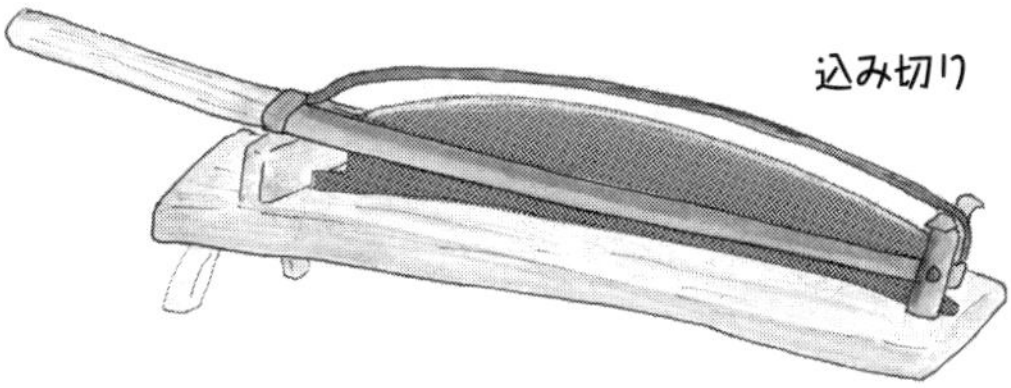

中学生で牛を使う

中学生にもなると牛を使って水田を耕す（牛は臆病な動物で、ちょっとのことでも驚いて暴れたりしますので、牛を使うのはとても危険な作業です）、大きな木を切り倒す、田植え、米や麦の脱穀など、ほとんどの農林業の作業は一人でこなすことができました。

しかし、これも自分から進んでやったことではありません。遊びたいのですが仕方なく我慢してやったまでです。とにかく、間《ま》をするな（手すき時間をつくるな）、手ぶらで歩くな（常に何かを運ぶ）が毎日の生活の基本原則でしたので自然に仕事の習慣が身についたのでしょう。

昔と今は違うと家族から叱られますが、高校生と大学生の孫は、人間に一番重要な衣食住に役立つ作業はできそうにありません。時代が違うので当たり前と言えばそれまでですが、最近は料理用の包丁もない家庭も少なくないとよく聞きます。いちがいに良いとか悪いとか決めつけることはできませんが、辛抱をしてでも人間に一番重要な衣食住の基本である、農作業を身につけることはごく当たり前のことで、英語や数学の勉強より重要ではないかと思っております。私が卒業した北川小学校（現徳島県那賀町木頭北川）では、山村留学を実施していましたが、これを幅広く全国的な政策にすれば、過疎対策にもなり一石二鳥と思われますが…。

遊べる時は、近所の子どもと共に野山を駆け巡り、高い木に登り木の実を採る。針金で「くくり」という罠を仕掛けて山鳥や兎を獲る。ゴムと細い木の二股で小石などを飛ばす道具の「ブンヤ」（パチンコ）を自作して、スズメやジョウビタキなどの小鳥を撃ち落とす。食糧にもなる栗や山梨を拾ったり、森に自然に生えている舞茸、鼠茸、コウタケ、キクラゲなどを採ってくる。アメゴ（ヤマメ）、ウナギなどの川で釣った魚も必ず家へ持って帰る。などの遊びも、何か少しでも生活の足しになる遊びでした。

薪作り

山仕事は山焼き（植え付けた杉がある程度大きくなる数年間は、同時に小豆、玉蜀黍《とうもろこし》、粟《あわ》、稗《ひえ》などの焼き畑栽培をする。その下地を作るのが山焼き）、杉の植え付け、杉の下草刈り（植え付けてから約十年間は毎年一回か二回行わないと、蔓《かずら》が巻いて折れたり雑木に負けて成長しない）、シイタケ栽培（最近のハウスの菌床栽培などではなく、太いナラやシデの原木を山の尾根筋の日陰へ並べる自然栽培）、薪伐り、炭焼きなどの農林業を小学生の頃から手伝っていました。

一月から二月頃は薪作りが主な仕事になります。薪は稲の収穫が終わった十一月頃に、樫《かし》、椿、欅《けやき》などを中心に切り倒しておきます。幹の太さの直径が三十センチ以上の太い木は切り倒すのがとても危険で、相当の技術と体力が必要です。薪を伐る場所は立っているのがやっとの急勾配の岩場などの荒れ地が多く、伐った幹が切り株から離れると（これを「蔓《つる》が切れる」と言う）急勾配を猛スピードで滑り始めるので、逃げ遅れると太い幹やたくさんの枝の下敷きになり大怪我をするか、運が悪いと命を落とします。このため、太い木を伐る基本は蔓を切らさないこと、木が倒れ始めると素早く逃げることです。一口に逃げると言っても急勾配で岩だらけの場所などでは特に、木がどの方向へ倒れても安全に逃げられる方法を、事前に十分に頭へ入れておくことが怪我をしないための必須の条件です。

木を伐る時は幹の曲がり具合、枝の張り方、ほかの木の生え具合などから倒す方向を決めますが、木の根元が下へ向くように、なるべく上方向へ倒すのが基本です。倒す方向が決まると、その方向の側の根元へ最初に大きな斧《おの》で受け口という、幹の太さの約四分の一の大きな切込みを入れます。その反対側から幹を刃渡り五十センチほどの大きな鋸《のこ》で挽《ひ》いて切り倒すのです。

しかし、鋸で挽き過ぎたり、枝の張り方や突風などで幹が倒れる時に回転すると、蔓が切れて太い幹の根元が猛スピードで跳ね上がって飛んでくることがあり、前記のように大変危険なことになります。倒れにくい場合は樫の木製の三角に尖った楔《くさび》を徐々に打ち込んで倒しますが、これは相当の技術と経験がなければできない高度で危険な作業です。

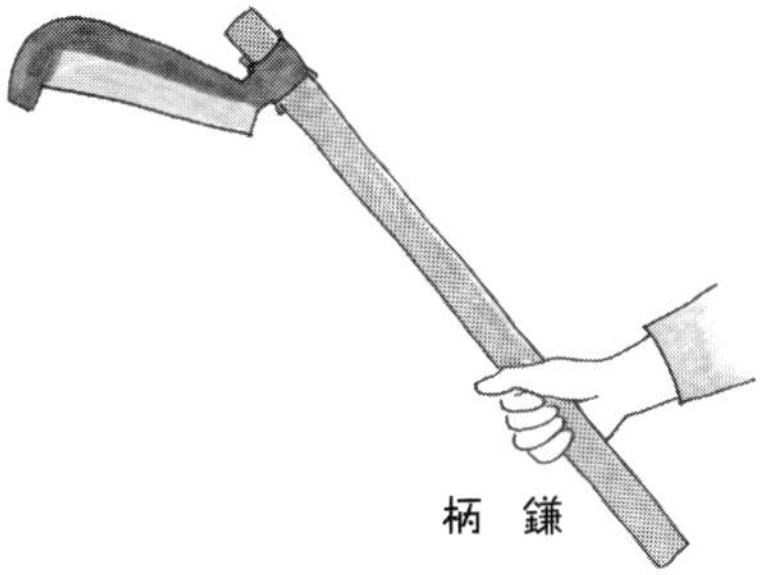
柄鎌

前年の秋に伐り倒した木が少し乾燥した一月頃から、幹や枝を約一メートルの長さに鋸や柄鎌《えがま》で小切《こぎ》るのが薪作りです。急勾配の地形での作業ですから、太い幹を小切った丸太は転びやすく、深い沢へでも転げ落ちると回収が不可能になることもあり、大目玉を食らったことも再三再四でした。
その頃、作った薪の量の単位は尋《ひろ》を使うのが習わしでした。一《ひと》尋《ひろ》は両手を左右に広げた最大の距離で、高さと幅を一尋に積んだ薪の量が一尋になります。約十尋の薪が釜戸《かまど》や囲炉裏で一年間に焚いて使う必要量で、最低でも毎年この量の薪は作る必要がありました。

この十尋の薪は約二十三立方メートルで、重さは乾燥の状態にもよりますがおよそ十五トンになります。今の感覚では大量の薪と思われますが、当時の農家では家族の食事の煮炊きのほかに、牛の餌で重要な「牛の煮物」を毎日作ることが必要だったのです。

当時の農家の土間には直径五十センチほどの大きな〝牛の煮物桶《にものおけ》〟が置いてあり、野菜の屑、腐ったご飯などを放り込んでおきます。ご飯は早朝に一回だけ大量に炊くので、翌日まで残すと夏には腐ることが多く、腐りかけはお茶で洗って食べたり、甘酒などにしていました。次の日の朝に、虫が食った玄米や何年間も大量に保管していた麦、牛の餌用に特別に作った味噌などを混ぜて、大きな五升鍋で二時間以上も丁寧に炊き込み、稲の葉を細かく切り刻んだわらなどと〝牛の煮物桶〟で混ぜ合わせます。さらに柔らかくなるまで十分にこね回してから牛に与えていました。これを毎日やらないで、青草やわらだけを食べさせていると、牛が病気になったり、痩せ衰えたりして、最も重要な稲作が不可能になり大変なことになるのです。

薪に戻りますが、薪を長期に雨ざらしにすると腐ってしまいます。しかし、家の木屋《きや》（家の中や庭に建てた薪保管庫）へ運んでも大量の薪は保管が不可能です。そこで一時保管場所は必要ですが、薪を伐った急峻な場所では保管できません。家の近くの里山で杉林の入り口付近に薪の一時保管場所を作り、薪を積み上げて上部を杉皮で覆って保管していました。

背負子《おいこ》（檜の枠に背中に当たる部分と肩掛けを棕櫚《しゅろ》などを編んで作った、薪を背負って運ぶ道具）で一回に四〇キロ前後を背負って、急峻な坂道を上がり下りして運ぶのはなかなか大変なことです。そのうえ、一時保管場所から最終的には家まで運ばなければならず、学校が休みの日や毎日学校から帰ると、子どもの冬の仕事はこの薪運びが主な仕事と決っていました。また百姓の燃料の調達はこのほかに、木炭を作る炭焼き、風呂用の薪の準備などがあります。

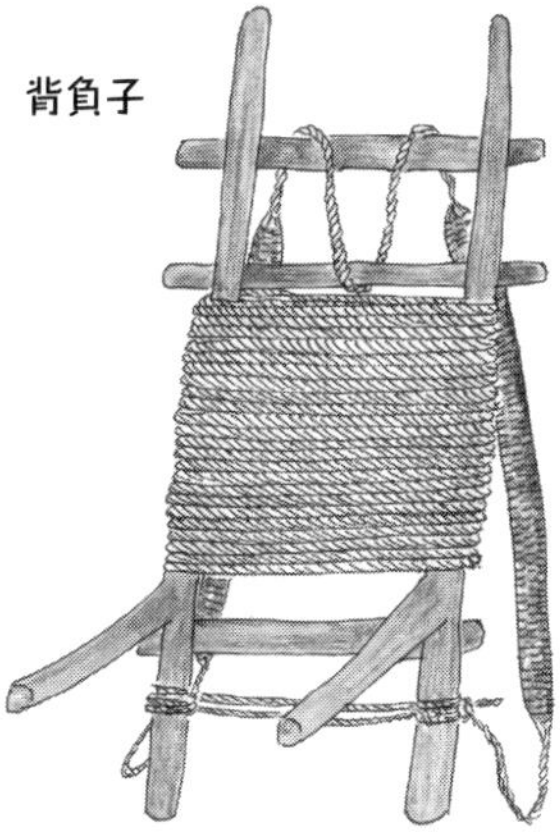
背負子

シイタケ作り

私が子どもだった一九四〇～五〇年頃は杉の値段も安く、乾燥シイタケは三椏《みつまた》などと共に貴重な現金収入でした。

当時のシイタケ作りは太いナラやシデのホダ木を、山の日陰へ並べる自然栽培で、シイタケ菌を植えることはしませんでした。近年のシイタケはハウスの中へホダ木を並べたり、菌床栽培がほとんどで栽培に重労働の必要はないようです。しかし、味の方は昔の自然栽培には比べようもないほどに落ちております。シイタケに含まれるグルタミン酸なども半減したためだと言われています。

そうかといって、今は急峻な山の作業場でシイタケの原木を伐ったり、尾根まで体重以上の重いホダ木を担ぎ上げたりする人はいないでしょう。こんな作業は子どもの時から鋸などの刃物の扱いや、重い木の動かし方などに相当慣れていないと、大怪我をする危険な作業ばかりですから当然です。

十月の中旬頃に広葉樹が色づき始めると、手斧《ちょうな》と刃渡り数十センチの鋸を腰につけて、叔父と二人で山へ行き、葉が少し黄色くなったナラの木を見つけます。叔父が手斧を木の幹へ軽く打ち込むと、手斧が紫色に染まりながらしたたる樹液を何度も舐めてみます。この樹液の甘さなどの味で、木を伐る最良の時期を判断するのです。

伐った原木は小切ってホダ木を作り、自然のまま寝かせてシイタケを生やすのですから、最もボタ（木にシイタケ菌が繁殖した状態）がつきやすい時期に原木を伐ります。シイタケが本

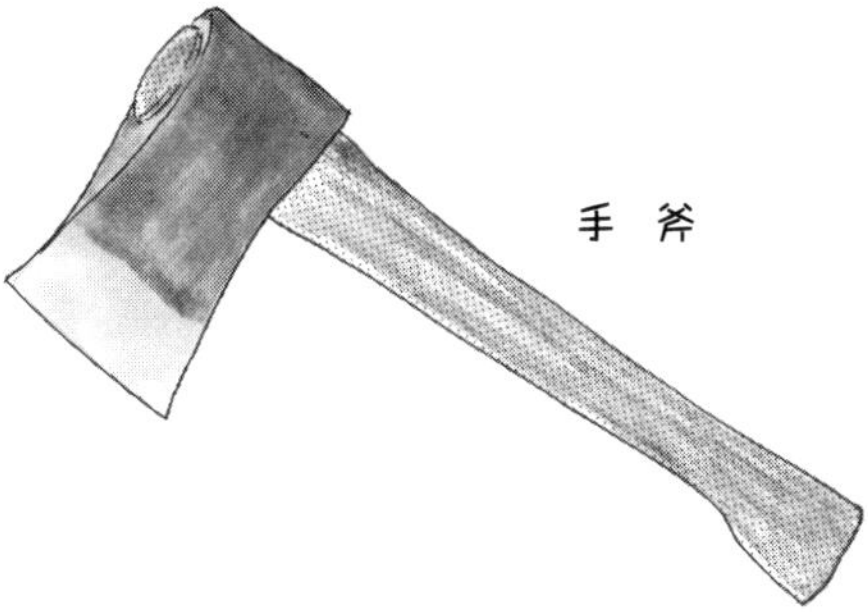

手斧

格的に生え始めるのはホダ木を寝かせてから約二年後ですが、木を伐る時期がとても重要だと言われていました。木を伐る時期が悪いとボタのつきが悪く多くのシイタケが生えないからです。

伐り倒した原木は寒くなり雪が降り始める十二月頃に、長さ一メートル数十センチに小切《こぎ》ってホダ木を作り、椿やマメツゲなどの常緑樹の下の薄日が当たる所を選んで数十本ずつ寝かせるのです。この場所は尾根筋が多く、重いホダ木を一本ずつ肩で担ぎ上げなければならず、子どもにはとてもつらい作業でした。これも前の薪作りと同じで急勾配の地形での過酷な作業です。

小切った太い丸太のホダ木はとても重く、全力で担ぐと同時に履いている地下足袋が足にかかる重みで地面にのめり込むほどでした。尾根まで担ぎ上げるには途中で何回も休まなければ無理です。そのつど重いホダ木を肩から降ろして地面へ立てかけて休むのですが、急峻な勾配では丸太のホダ木はとても不安定で転がすことがたびたびでした。薪とは違いシイタケのホダ木は非常に貴重です。どこまで転げ落ちても必ず回収しなければなりません。ずっと下の沢まで転げ落ちると、その一本の回収だけで半日がかりということもありました。そのうえ大目玉を喰らうのですからたまったものではありませんでした。

ホダ木は尾根などへ並べる前に、一本ずつあちこちへ手斧などを軽く打ち込んで、木の皮に少し刻みを入れなければなりません。風で飛んで来るシイタケの胞子が木と木の皮の間へ入りやすくするためです。これは、吹雪の日に刻みを入れなければ効果がないと言われ、わざわざ寒い吹雪の日を選んで出かけたものです。この〝吹雪の日〟にというのは迷信ではなかったかと思います。零下十度前後の全身が凍えるような寒風の中で、刻みを入れた吹雪の日が忘れられず今でも雪は大嫌いです。

ナラのホダ木は里山や里山付近の馬酔木《あせび》、樫、など常緑樹の薄日が当たる場所を選んで並べます。並べると言ってもこれがまた大変な作業です。薄日の当たる場所が、容易にホダ木に並べられる適当な場所とは限らないからです。例えば、勾配が急過ぎたり岩場だったりします。多雨で湿気の多い地域の山林などでは、土の全くない岩場でも岩の割れ目へ木の根が深く張り込み木は立派に成長します。

平坦な場所があれば、ホダ木をキャンプファイヤーで木を燃やすように四角に組んで並べることも可能です。これが最も簡単ですがこんな適地は滅多にありません。ほとんどが急峻な場所へ並べることになり、まず腐りにくい栗の木で土台を作らなければ始まりません。私が農林業の手伝いをしていた徳島県の那賀川流域では、一九五〇年代以降の栗玉蜂《くりたまばち》被害で栗の木は全滅、大きな楽しみだった栗拾いも不可能になりました。数メートル間隔で栗の木を左右に二本打ち込み、その上へさらに太い栗の木を渡します。この渡した栗の木の上へホダ木を前方から立て掛け、後方からは渡し掛けて傾斜した地面とで三角形を作るように数センチ間隔でぎっしりと並べます。

当時の広葉樹林は今では信じられないほど、腐葉土に細い木の根がぎっしりと絡み、五十センチ以上もスポンジ状になっていて、栗の木を打ち込んでも打ち込んでも糠に釘で、土に届かず苦労の連続でした。今の里山はどうでしょうか。国の愚策である「拡大造林」後の杉の手入れ不足で、大雨時に土石流災害が毎年頻発している杉林と同じです。荒れ放題と言っても過言ではありません。

私は渓流釣りで毎年のように川や沢付近の広葉樹林の中を歩きますが、どこにも腐葉土は見られません。これは一九六〇年代以降、農耕用の牛が耕運機に、燃料の薪や炭がプロパンガスなどに置換わったことも一因です。そのため田や畑の草を刈る、薪を伐る、炭を焼くなどの仕事で、人が里山へ入る機会がなくなってしまったためです。

シイタケ取りと危険な籠

自然栽培でナラと並んでシイタケがよく生える木はシデです。シデは切り倒した場所にほぼそのまま寝かせる方法でした。これも尾根筋の急峻な場所が多いので、滑り落ちない仕掛けや、地面から数十センチ持ち上げてシデの腐り過ぎを防ぐことが必須の作業です。シデは直径が五十センチほどの太い木が多く、これもなまやさしい作業ではありませんでした。それでも、シデは小切る必要はないのでナラほど手間がかからず、ナラのように収穫の期間が十年近くは続きませんが、数年間は木がボロボロになるまで、直径が十五センチもの大きなシイタケがぎっしりと生えることが多く、乾燥シイタケ作りではナラよりシデが効率的で重宝していました。

シイタケの収穫は春、夏、秋、の三回でしたが、夏の量は少なく主に春と秋に本格的に収穫していました。夏に多く生やすためには、ホダ木を一本ずつ手斧の頭などで適当な強さで叩かなければならず、これをやるとホダ木の寿命が短くなると言われ叩くことはほとんどやりませんでした。

　春は田植えの準備、秋は稲刈りの時期と重なることが多くこれがまた大変でした。雨が降ると一斉に生えて急成長し、多くの水分を含んでいますので、早く取らないと悪天候が続くと腐ってしまうからです。

　シイタケの自然栽培は原木の育ち具合、地形、家からの距離などを考えて栽培しますから、ハウスのように一箇所で大量に栽培することは不可能でした。何箇所かのなるべく近くの里山などを選んで栽培を続ける必要がありました。里山にはそれぞれ名前があり「イヤガシキ」「森の畝《うね》」「西野か」「安が谷」「杉生」と五箇所が主な栽培地でした。いずれも往復一時間から二時間くらいの比較的家から近い場所ですが、急峻なけもの道のような狭

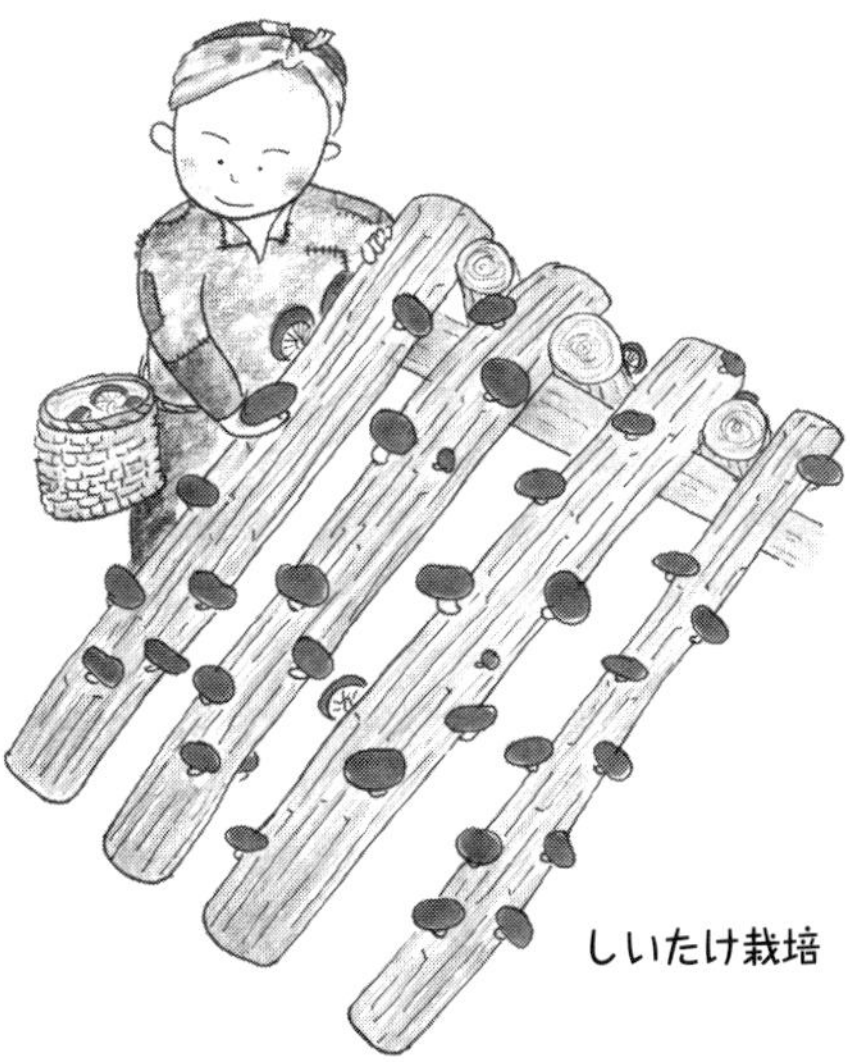
しいたけ栽培

い山道を、作業道具や重い荷物を背負って歩きます。あまり遠いと収穫して運んでいる間にシイタケが腐ることがあります。

シイタケ取り（収穫）は直径三〇センチほどの竹で編んだ取り籠を腰につけ、さらに直径七〇～八〇センチあるわらで作ったフグツという入れ物を背負って出かけます。山仕事はどこへ行くにも曲がりくねった岩場などの細い道を何箇所も通ります。

このシイタケ取りの時に、腰につけた籠が極めて危険な物になります。それは、歩いていて道に突き出している岩や木などにうっかり籠が当たると、竹製の籠は弾力が強いため、当たった反動で道から下へ突き落されるようになるからです。軽くてつけていることをつい忘れるので、空の籠をつけている時が特に危険です。同じような籠は、川で魚を捕る投げ釣り（延縄《はえなわ》）を入れて運ぶ時にも使っていました。投げ釣りを仕掛けに行った近くの中学生が、河原で死亡しているのが見つかったことがあり、その時も、川の上の岩場を通る狭い道で籠が何かに当たり、その反動で河原まで落ちたに違いないと言われていました。

乾燥シイタケ作り

シイタケを取る時は、足の部分と傘の部分が離れたり割れたりしないように、素早く取らないと短時間で大量のシイタケは取れません。乾燥シイタケでも足がついていなかったり、割れたりしていると商品価値が落ちてしまいます。フグッに一杯になると大急ぎで帰らなければなりません。特に雨後のシイタケは、背負うなどの圧力で見る見るうちに茶色に変色して腐りが進んでしまいます。

苦労して背負って帰ったシイタケも、乾燥という難題が待っています。晴天が続いて山で取る前からある程度乾燥していたシイタケは、ゆっくり天日乾燥できるのですが、問題は水分を多く含み腐りが速く進む時です。家へ帰ると大急ぎでフグッから取り出し、土間などに敷いた筵《むしろ》の上へ、シイタケとシイタケがくっつかないように隙間を作りながら、少しでも乾燥しやすいように並べなければなりません。シイタケが多い時は物置きや部屋の中まで新聞紙などを敷いて並べることになり、家中がシイタケだらけとなることも珍しくありませんでした。

ところ狭しと並べたシイタケも当座の応急処置ですから、順に室屋《むろや》（炭火でシイタケを乾燥するために、小屋などに造った乾燥室）へ運んで乾燥しなければなりません。室屋は炭を大量に焚くので火事の危険があるため、家から二〇〇メートルほど離れた荒れ地に作っていました。

水分の多い順に十段ほどある乾燥棚の上部の棚から並べて、乾燥が進んだ順に下部へ移し替えていく作業を繰り返しながら徐々に乾燥させていきます。水分の多いシイタケの乾燥を急ぎ過ぎて、いきなり火力の強い下部の棚へ入れると乾燥せずにゆだってしまうからです。建坪が一坪半（約五平方メートル）ほどの細高い建物の室屋は、炭を燃やしながら横になって仮眠するのがやっとで、炭火の上部の乾燥棚に入れられているシイタケ以外はほとんど場所がありません。そのため、室屋の一人と入れ替えのシイタケを運んで家と室屋を往復する一人、最低でも二人で徹夜の作業となります。そのほかの家族も平たい籠に並べたシイタケを、土間で七輪の炭火の上で乾燥したり、大きなシイタケは足を竹串に刺して囲炉裏に円形に建ててあぶったりと、終始家族総出で奮闘を続けたのが乾燥シイタケ作りでした。

棚田の米作り

近年は農業も機械化、土地改良事業、肥料、農薬などですっかり変質して、私が経験したような稲作はどこにもないようです。私が手伝った農林業で一番の大仕事は何と言ってもこの米を作る稲作でした。一年中この仕事に関連する何らかの作業に追われていたと言っても過言ではありません。水田は数百年も昔から先祖伝来のすべてが棚田でした。

わずか六畝《ろくせ》（約六〇〇平方メートル）ばかりの広さの田が一番大きな田で、大田と呼んでいたほどです。屋敷田《やしきだ》、長田《ながた》、尾尻、門田、などと田にはすべて名前がつけられていました。しかし、こんな急峻な地形の棚田は今では杉を植えたり、柚子などの果樹の栽培や放棄地となり全国的にかなり消えてしまいました。わずかに残っている棚田もほとんどが観光用とでも言うべきで、昔のままの稲作が行われている訳ではありません。

私は毎年アメゴ（ヤマメ）釣りで、人家も道路もない川や谷（沢）の源流近くまでテントを担いで出掛けています。なぜかと言えば土石流災害は「拡大造林」が元凶の災害と何回も訴えてきましたように、川の淵《ふち》や瀬が無くなるなど川は年々荒れる一方のうえ、道路の近くには釣り人が多く、釣り荒れで釣れないためです。

ところが、道路も行き止まりで一番奥の最後の人家が残っている所から、川や沢を渡りながら半日以上も遡った、遥か上流の杉林の中に昔の人家、田畑、石垣、炭釜の跡がはっきりと残っている場所が必ず発見できます。約一〇〇年前、約五十年前、約三十年前と推測されるのです。多くの家族が暮らしていた屋敷、用水路、近くの沢の洗い場の跡までがくっきりと残っている場所さえあります。

こんな場所へ行き当たると一番気になり、痛ましく思われるのは水田の跡です。今は河原となり大水時に水に洗われている水田の跡には、今でも粘り気のある粘土のような黒い水田の土と、赤土などの水田の床が断層のようにはっきりと露出している場所を見かけることも珍しくありません。

民俗学者の宮本常一が「学校教育が過疎の始まり」と問いかけた一節を今さらながら思い返されます。明治時代に学校ができると、子どもが下流の遠い学校へは通えないので、数百年も肥料も農薬も使うこともなく、完全に自然に溶け込んでいた水田や畑が放棄され、家も捨てて下流への移住が始まったとされています。私も理由は違いますが、昔の水田から離れた者の一人として他人事ではありません。それは水田を作ることがどれほどの苦労と日数を要すかを体験して熟知しているからです。

水田造成に三〇〇人役

家の横は広い畑で、そのすぐ下も一畝ほどの畑でした。この下の畑を水田に造成する工事が始まりました。私が小学五年生頃でした。工事と言っても、鍬《くわ》、鋤簾《じょれん》、鶴嘴《つるはし》（硬い土や岩を掘る、先が尖った鋼製で、一メートルほどの樫の木の柄がついた重い道具）、ショウレン（硬い土や石を掘り起す、長さ約一、二メートル重さ約四キロの鋼鉄の棒状の道具）、ハセバ（鍬と鶴嘴の中間で、細長い鍬）、掛矢《かけや》（杭を打ち込む時、土地を打ち固める時などに使う、樫など硬い木で作った道具）、玄翁《げんのう》（金槌のような形で、数キロの重さで、石などを打ち砕く道具）モッコ（葛《つた》や棕《しゅ》櫚《ろ》縄《なわ》を編んで作った、土を二人で担いで運ぶ道具）、ドロミ（竹を編んで作った、一人で土を抱えて運ぶ道具）などを使うすべてが人力と手作業でした。

雪が舞う寒い一月か二月頃に、まず畑の上土をはがす作業から始まりました。そのはがした水田の床（永久に水が漏れないように赤土などで硬く固める）となる部分の大きな石などを掘り返して取り除き、一メートルほどの深さに掘り下げて平にしました。

この全面を掛矢で何日もかけて打ち固め、その底へ小石をぎっしりと敷き詰め、再度掛矢

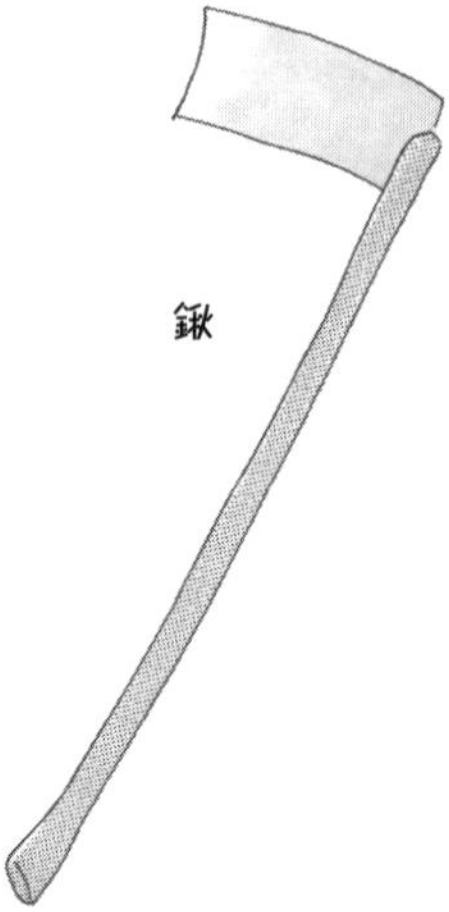
鍬

石運び

ショウレン

で打ち固めました。さらにその上へ赤土を何回も敷き詰め、全面が約三十センチの厚さの硬い岩盤のように固まるまで入念に打ち固めました。そのほかにも、水が漏れないように岸と畦の部分も赤土で打ち固めたりと、大きな掛矢や玄翁を打ち下ろす音と地響きが家の中まで伝わってくるほどでした。

この床などに使う大量の赤土は一キロほど離れた里山の赤土場《あかつちば》（水路などに使用する赤土を常時掘り出している場所）で掘り出して、背負って運んでこなければなりません。これも大仕事で、私はもっぱらこの赤土背負いの手伝いに明け暮れました。

床ができあがると水田の土作りがまた難題でした。畑の上土だけでは足りないので、これも赤土を運ぶ要領で近くの里山の柿樹畑などの土を運んで来ました。この土は小石などが混じっていて篩《ふるい》に掛けることが必要です。高さ約三メートル幅約二メートルの竹で編んで作った大きな篩を正三角形のように立てて、その上へドロミに入れた土を投げかけ、石は篩の上を手前へ転げ落ち、土だけ下へ落ちるようにして石と土を選別しました。

やっとわずか一畝の水田の形ができあがったのは田植えも近づいた五月頃でした。家族総出、親戚、近所の手伝いなど大人だけでも延べ三〇〇人役（一人役は大人の一日の労働量）以上を要したと思います。

水田の形ができてもすぐ稲を植えることはできません。土を水に馴染ますことが必須です。当面は入念に鍬などで土を練ることで何とか稲は育ちますが、土が水に十分馴染み完全な水田になるには最低でも数年はかかるのです。

四〇〇年の昔から稲作

家の回りや上下には棚田の水田が十四枚ありました。物心がついてから私は二十年以上百姓を手伝ってきましたが、水田を造成したのはわずか一畝の田を一枚一回限りでした。この事から、十三枚の水田がどれほどの長い期間に造成されたかを、先祖の古い墓などから推測してみました。

家系図などの古文書でもあればよいのですが、一般庶民の一部が読み書きできるようになったのは明治後期以降のことで（私が育った付近の明治生まれの人、十人余りのうち、自分の名前以外の文字をまともに読み書きできたのは、私の育ての親の叔父ともう一人の二人だけ）、昔の士族か庄屋などの旧家以外にはめったに家系図はないようでした。当然寺の過去帳も明治時代より古いものは残っていなかったと思われます。

家の裏側の一段高い場所に「若宮さん」という祠《ほこら》が一つと、古い先祖の墓が三十ほどあり、私が中学生頃に高さ一、五メートルほどの大きな自然石で、先祖代々の墓としてまとめて祀《まつ》るようにしました。「若宮さん」は最初にこの土地の開墾を始めた先祖だと言い伝えられ、墓石も風化して刻まれている戒名なども読めないような古い墓ばかりでした。比較的新しい先祖の墓は別に集落の共同墓地に十個ほどありました。

墓は言うまでもなく先祖が亡くなった一つの証拠ですが、当時でも子どもの墓は作らない風習の家もあり、先祖の墓のすべてが大人の墓ばかりなのかどうか、病死や事故死はどうだったのか、代々の家族構成、平均寿命の推移、などを考えると際限がありません。このように、墓の数から先祖が最初に水田作りを始めたのは何百年前だったのかを推測するなどというのは雲を掴むような話になります。多くの研究では江戸時代の平均寿命は、三十歳～四十歳くらいが妥当ではないかと考えられていることや、最近の平均寿命からの逆算や家族構成の推測などから、私はおよそ四〇〇年前の先祖が水田を開き稲作を始めたのではないか推論しています。

となると、十三枚の水田の造成に四〇〇年ですから単純計算すると三十年に一枚の割合で、およそ一代で一枚となり、私が約二十年間も手伝って一枚ですからほぼ妥当な推論ではないかと考えられます。前記のようにわずか一畝《ひとせ》の水田を一枚にでも親戚、近所の手伝いなど家族以外にも大きな負担を強いることと、ほかに十枚ほどの畑など、農林業の日常の多くの仕事は一日も休むことができませんので、水田の造成は先祖も一代でせいぜい一回限りの、しかも大事業であったことが伺われます。

水田と稲作の重要性

稲は石器時代にサバンナ地帯で栽培が始まった（『栽培食物と農耕の起源』中尾佐助著　岩波新書二〇〇五年刊）とされており、日本では弥生時代に稲作中心の農業が出現し（『稲作の起源を探る』藤原宏志著　岩波新書一九九八年刊）、全国各地の山間部まで広がったものと推定されます。この弥生時代から約二〇〇〇年後、今から約四〇〇〇年前に、私の先祖などが稲作を始めていたとしても至極当然だと思われます。

世界的に小麦などの米以外の穀物で一ヘクタール当たりの最大収穫量は約五トンが限度で

すが、日本の米は約六トンで、世界中で最大（井上ひさし『コメの話』）とされています。以下は私の推測ですが、単位面積当たりで人間に必要な食物が一番多く収穫できるのも、やはり稲作ではないかと思われます。そのうえ、水田は一度作れば半永久的に毎年、繰り返し繰り返し栽培が可能です。今では水田の造成も重機を使えば、高度な技術も多くの資材もほとんど必要がなく、土地さえあればどこでも可能なことです。

米国の小麦栽培は地下水を利用する灌漑農法の代表ですが、これは必然的に塩害が発生します。『地球に残された時間　八十億人を希望に導く最終処方箋』などの大著で有名なレスター・R・ブラウン博士の調査によると、一九八〇年代に米国では穀物一トンの生産に六トンの土が失われたそうです。古代メソポタミア文明もチグリスユーフラテス川の灌漑農法で栄えたのですが、最終的にはこの塩害で国土が滅びてしまったと言われています。（井上ひさし『コメの話』より）

このような土地の使い捨て農業は、米国に限らず今でもほぼ世界的な趨勢だと推測されます。これに対して日本の水田はどうでしょうか。前述のように、半永久的に単位面積当り最大の稲の栽培が可能なこと。そのほかにも、土地の浸食を完全に防止し、大雨が降っても雨水の湛水《たんすい》で過大な流出を逓減して、水害の防止などの国土の保全に大きく寄与しています。しかし、このことはあまり広くは知られていません。

一方、水田は田植え前後にアキアカネ、アカガエル、ゲンゴロウ、ミズカマキリ、メダカなど多くの昆虫などが生息します。猛禽類のサシバは水田を見渡すことのできる斜面の林に営巣し、田植え期には水田周辺でカエル、ヘビ類を、季節の進行にともなって周辺の樹林にいる昆虫類を捕るようになっていきます（『生物多様性と現代社会』小島望著　農文協刊二〇一〇年）。このように水田は、人が生きるための環境保全と生物多様性にも大きく寄与しているのです。

用水、道路の共同管理

当時の稲作では重要なイデと呼ばれる水路と、集落内の道について説明します。水と道は昔も日常の生活や農業には欠かせないものでした。集落で共同使用する幅数十センチのイデを作り、集落の近くの沢から家付近や水田のそばまで水が引かれていました。

各家で使う水は天秤棒で担ぐ桶で、イデから毎日汲んで運んでいました。道は数十センチから一メートルほどの幅で、人や牛が通る狭い道でした。両方共に今の水道や道路からは想像もつかない必要最低限の小規模なもので、可能な限り維持管理などの負担も少なくなるように工夫されていたものだと思われます。共同のイデと道の補修や管理はそれぞれイデ普請《ぶしん》、道普請と言われ、すべて全戸の出役《でやく》（ボランティア）で行ない、集落の重要な共同作業でした。イデ普請はそのイデを利用している小さな集落ごとに春の田植え前に行われ、お年寄りから子どもまで総出の大仕事で、子どもはフグツというわらや棕櫚《しゅろ》皮で編んだ背負い道具で赤土を背負って運び、女性はイデ周辺の草刈りをしたり、腕ほどの太さで長さ約四十センチほどの、片方を平たくした木製のツチノコという用具で、ペッタンペッタンと赤土を叩きながらイデの三面へ貼りつけるのが主な作業でした。男性は大きな鍬などを使ってイデの修理などをします。このようにみんなが早朝から作業を始め、よほどの大修理がない限り、その日の夕方には、めでたく水を通して田作りの第一歩が始まるのでした。

イデと樋《とい》

前述のように稲作で最も重要なのはなんといってもまず水です。山間部の田舎なら水はどこにでもあるのではないかと思われるかも知れませんが、沢や溜池から水田へ水を引き入れることは大変苦労が多い作業です。近くで気安くお付き合いしていた百姓のKさんには溜池がありましたが、私が育ったO家には溜池はありませんでした。集落の共同のイデもありましたが、それだけでは足りないので、飲料水など日常の用水と水田用の水を兼ねて、自家用の樋とイデを利用した水路を持っていました。

沢から水を引く方法は地形などの条件により、水源の沢から里山の斜面などに水路を掘るイデと、松の木や孟宗竹《もうそうちく》で作った樋を掛ける方法、この二つを組み合わせて利用する三つの方法がありました。いずれにしても、近代的な鉄管の水道でも漏水が問題となるほどですから、急峻な地形で家や水田まで水を引く苦労は並大抵ではありませんでした。

弥生時代の稲作がどのような方法で行われていたか詳しくは知りませんが、この三つの水の引き方はおそらく弥生時代とほとんど同じ原始的な方法だったのではないかと思われます。ビニールパイプなどが普及した今ではこんな手間ひまがかかり効率の悪い方法で、稲作をしている農家はどこを探してもないでしょう。

樋を彫る

近くの沢からO家まで約五〇〇メートルの距離を、イデと樋の水路を作っていましたので、この維持管理も毎日の重要な仕事の一つでした。岩場などのイデが掘れない場所では樋を架けなければ水は通らないので、二十本ほどの松の木や孟宗竹の樋を架けてつないでいました。全体が常時水に浸かっていれば水に強く腐りにくい松の木や孟宗竹も、岩場などに架けて水を引く場合の使用では、全体が水に浸かってはいませんので、二、三年で腐りが進み水が漏れ始めます。そのため毎年のように何本かの松の木や孟宗竹の樋の取り換えが必要です。

特に田植えの季節が近づくと樋を彫るのも一苦労でした。孟宗竹はできるだけ太く長いものを伐ってきて二つに割って節を取ればでき上がるので、比較的簡単ですが問題は松の木で樋を彫る作業です。すべて簡単な孟宗竹の樋ばかりを使えばよいではないかと思われるかもしれませんが、そうはいかないのです。それは、大きな樅の木などの生えている複雑で急勾配の岩場では、水路の勾配を一定にすることは不可能なためです。必然的に勾配は急になったりゆるやかにならざるを得ません。急勾配ばかりであれば、直径が十センチ前後の孟宗竹でも可能なのですが、勾配がゆるい場所では流量が足りないので、断面積を大きくできる松の木の樋が必要なのです。

まず使える松の木探しです。広大な山林がある〇家でも、家の近くに樋に適した松の木がある訳ではありません。あまり太い木は重くて使えませんので、なるべく細長い木で根元付近も、先の部分もほぼ同じ太さの直径二十五センチ前後で、長さは最低でも数メートルは取れる木を探さなければよい樋はできません。そのうえ、歪んでいたり大きな節（大きな枝が出ていたり、大きな枝の跡）がある木は使い物にはなりませんので、樋に使える木は滅多に見つかるものではありません。運よく見つかってもほとんどが急斜面に生えている松の木ですから、伐り倒しても樋を彫るためには、少し平坦な場所まで運ぶ必要があります。

畑ばかりの集落

水田に水を引くために松の木で樋を彫る、これは弥生時代から延々と続けられてきた百姓の作業の一つでしょう。それも、水田へ水を引くことが地形などから極端に困難なのは、私が育ったO家のような、ごく一部の百姓だったに違いありません。

近くに二十戸ほどのNと言う集落がありましたが、水田は集落の一番下部の沢の近くに三枚だけでした。民家周辺の平坦で広い五町歩ほどは畑ばかりで、ごく一部の畑に野稲《のいね》（畑で栽培できる稲で、収穫量も味も水稲より極端に劣るためあまり栽培されなかった）を栽培されていましたが、多くはトウモロコシ畑でした。集落の端付近にやっと洗濯ができるほどの小さな泉が一箇所あるだけで、水田用の水の確保はとても無理なようでした。

その集落の近くには大きな沢が流れていましたが、集落は沢からとても高い位置にあったため、沢からの勾配を考えると、水路の距離は相当な長さになるなど、どうしても水路は作れなかったに違いありません。そのため、この集落の先祖たちは平坦な土地に恵まれながらも、水田の造成を諦めざるを得なかったものと思われます。

約五町歩の畑を水田にして稲作をすれば、二十戸分の主食の確保は十分だったと推測されます。読者の方は想像もできないでしょうが、私が育った木頭村の隣のK村では、平坦で一番広い土地は学校の運動場の約二反（約二〇〇〇平方メートル・最大約四十五メートル×約四十五メートル）だと、K村の村長が嘆いていました。

N集落の約五町歩と言えば、山間部ではとてつもない広さです。「これが水田であったなら」とN集落の人たちは、先祖伝来の悔しい思いだったに違いありません。

一九七〇年代に村の集落再編でN集落の人たちは、役場の近くの集落へ移転しました。この集落周辺にもO家の山林があり、私は仕事で時々出かけていました。十年ほど前に久しぶりに訪れたN集落の跡は、すべてうっそうとした杉林に覆われ、昔の約二十戸があった場所もすっかり変わり果てていました。

「米の音じゃ」

私が子どもの頃、お年寄りのなかには、人が亡くなったことを「米の飯になった」と言う人がいました。葬式には米のご飯を炊くからでしょう。また病気で死にそうになった人の枕元で、竹の筒に米を入れて振り「米の音じゃ」と、その音を聞かせると意識を取り戻して元気が回復したという、昔話をよく聞かされたものです。どちらの話もいかに米が貴重品だったかを物語っていると思います。

納屋にはいつも数十俵（一俵は約六十キロ）もの米を保管していた〇家でも、盆と正月、祭り、祝い事などの日を除き、ご飯を食べる前にサツマイモなどを少し食べてから麦飯（家庭により米の割合は三十％~七十％）を食べていました。これは、昔から天候異変による飢饉、飢え死にしても年貢は取り立てられるなど、厳しい食糧不足の言い伝えがあり、不測の事態に備えて可能な限りの米の備蓄が家訓になっていたものと思われます。

戦争に負けて十数年後の一九五〇年代後半に、私が勉強した郵政研修所でもまだ米が不足していたのか、毎日が麦のご飯でした。今はどこへ行っても食べ物があふれていますが、人間の歴史は飢えの歴史と言っても過言ではありません。現在でも世界中に飢えている人々は何億人もいます。日本でも食糧の心配がなくなったのはつい一九六〇年代以降のことで、一般家庭の多くが今のような米のご飯を食べ始めたのも、それ以降のことだと思います。

田植えの準備

私が手伝った農林業で一番の大仕事は何と言っても米を作る稲作でした。一年中この仕事に関連する何らかの作業に追われていました。草刈り、牛を使う、水田の造成、イデと樋の水路作りと、思い出すままに述べてきました。

ところが、これは稲作のごく一部の仕事です。百姓百品と言われ、まだまだ田植の準備の作業だけでも数え切れません。草飛ばしと言って、遠い里山から近くの里山まで八番線（直径四ミリの鉄線）を空中に引き、草をくくりつけた滑車をその線に引っ掛けて飛ばす、とても危険な作業を始めとして、その草を背負って運ぶ草負い（負い縄という棕櫚《しゅろ》の縄などで作った丈夫な道具で、秋に苅った草を里山から運ぶ作業）。この草を田んぼで込み切り（押切・鋼鉄製の大きな刃がついた、草を細かく切る道具）で切って田んぼの中へ満べんなく広げます。これは毎年二月か三月頃までにやらなければならない作業の一つでした。

さらに牛に引かせた犂《すき》（牛鍬《うしぐわ》・牛が引くと尖った平たい金具の先が土中に食い込んで土魂を反転させて土地を耕す、檜と鋼鉄で作った大きな農具）で、この草を田んぼの土に鋤《す》き込む作業が一番目の荒田起こしです。

四月頃になると、田んぼの周囲の岸の草刈り、石垣の草抜きなどの作業もしなければなりません。石垣に生えた雑草などを放置すると、その根が石垣に張り込んで石がせり出され石垣が崩れる原因になるのです。そのため、石垣の草抜きは最低でも春、夏、秋、と三回はしなければなりません。

命懸けの石垣の草抜き

この石垣の草抜きが一番いやな作業でした。ほぼ垂直で高さ数メートルの石垣のわずかな窪みに、足の指先をかけて登り、一面に生い茂っている草を抜くのです。狭い石垣の穴の中へ無理に指を差し込まなければ草は抜けませんので、右手の指はいつも血だらけになったものです。

左手は上部の石垣の石をつかんで身体を支えているのですが、うっかり足を踏み外して滑落すると尖った石で腹を切ったり大怪我をします。最近は人工の岩壁を命綱をつけて登るスポーツが流行していますが、石垣の草抜きは命綱もつけず、落ちたら大怪我という過酷な作業でした。

石垣の上部まで草を抜きながら登って行き、一番上の石に手を掛けたとたんにその石がグラグラッと崩れ、その石がドンッと胸に当たって滑落して、「死んだ」と思った場面で目が覚める、こんな夢を今でも時々みることがあるほどです。

二回目の田起こしは牛屋肥《うっしゃごえ》（牛が牛小屋で糞尿と共に踏み固めたわらや草を、数か月間発酵させた肥料。独特の強烈な匂いがあり、今でもこれを思い出すと匂ってくるような気がします）を一回目の荒田起こしと同じような方法で鋤き込みます。

田植えが近づく五月頃には、田んぼに水を張って本格的な水田作りが始まります。犂《すき》で耕した直後に馬鍬《まぐわ》（牛に引かせて土を砕いたり、ならして練ったりする、檜と鋼鉄で作った縦横約一メートル、回転する金具の長さ約三十センチの農具）を牛に引かせて水田の土を練り、土を水に

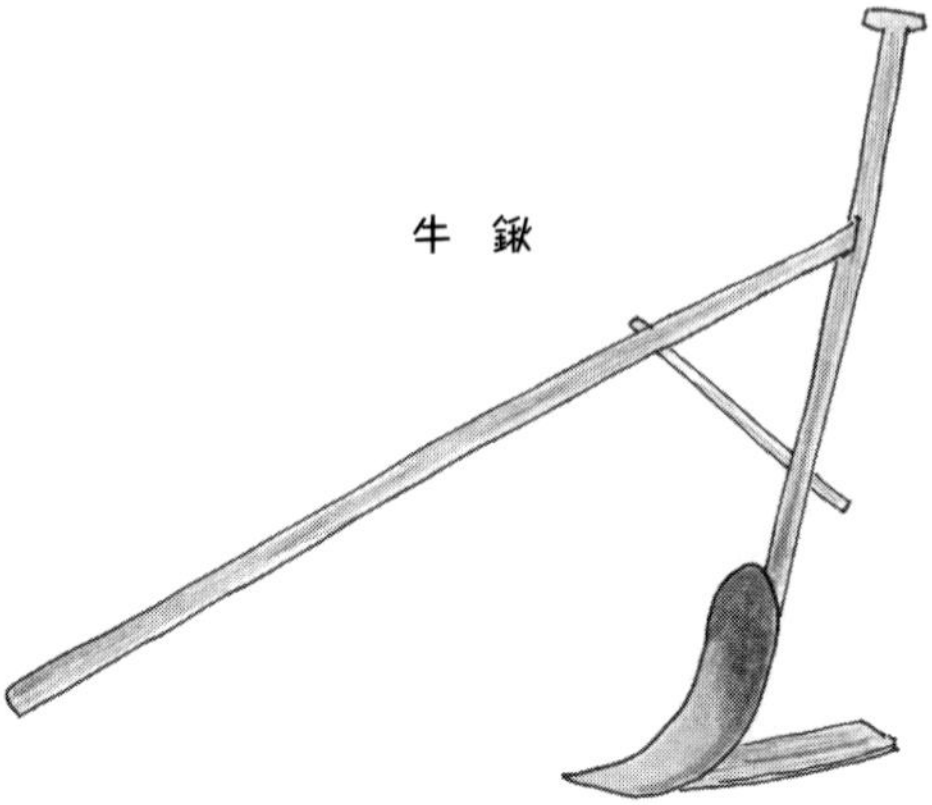

牛　鍬

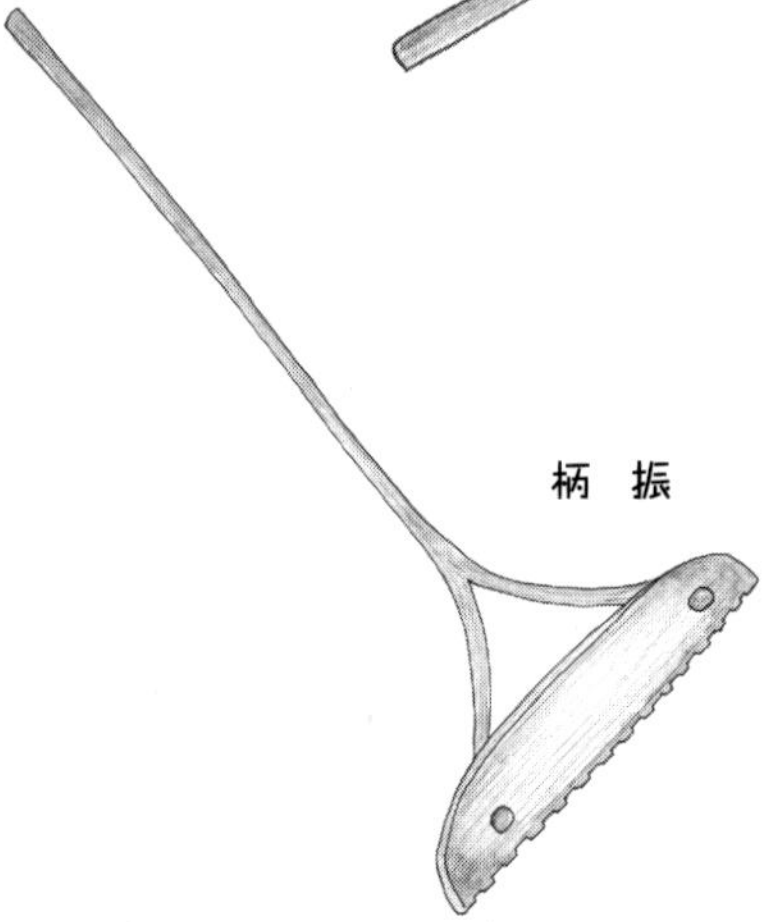

柄　振

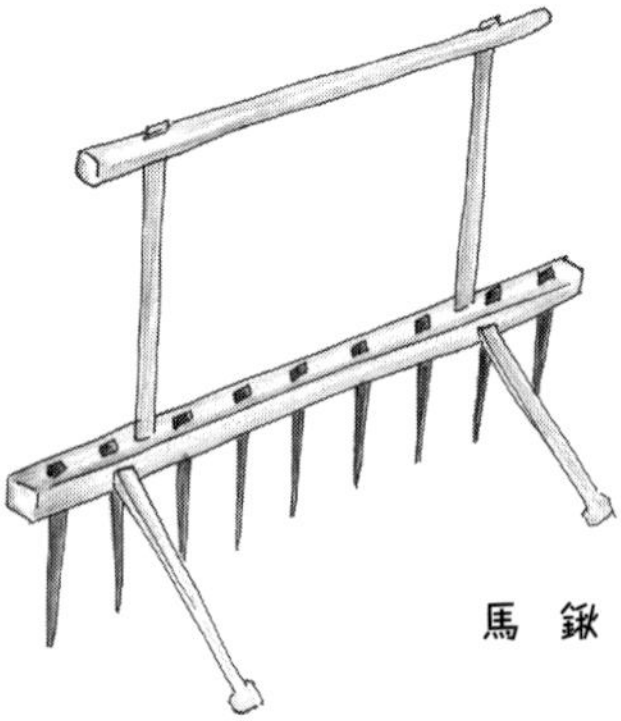

馬　鍬

馴染ませていきます。

畦《あぜ》付《つ》けに苦労

その翌日、土に粘り気ができるのを待ち、畦付けという作業が必須です。畦付けは、水田から水がしみ出さないように、水田の周囲に水田の土を貼り付ける作業です。平たい大きな鍬を使い、なるべく粘り気が多い土を選んで鍬ですくって叩き付けるようにして貼り付けるのですが、これは相当技術が必要な作業です。

土の畦へ付けるのは比較的簡単ですが、問題は石崖の岸への貼り付けです。O家では石垣の水田が多く、これができないことにはどうにもなりませんでした。水田に水を張った時に、水面となる部分から上部を約十センチ、下部を二十センチ以上に約五センチの厚さで貼り付けるのですが、石垣はほぼ垂直に作られていますので、すぐに土が崩れ落ちてしまいます。

この作業のコツは、鍬ですくった土を強く石崖へ叩き付けるように投げかけ、間髪を入れずに素早く鍬の裏側でその土を石崖へ押し付けることに尽きます。しかし、石垣は凸凹で大きな石が突き出ている箇所も多くあり、鍬と石の間を土が滑り落ちたり、途中で大雨が降ってきたりすると、今までの作業がすべて水の泡となり、苦労が多い割に作業はなかなかはかどりませんでした。貼り付けた土がある程度乾燥した頃を見計らって、こののり面に鍬の裏側を何回も強く押し付けながら、水田の周囲全体が均一なのり面になるようにならすと、やっと畦付けの完成です。

田植え

この畦付けが完成して水が安定的に溜まるようになった後、田植えの直前には、里山から刈り集めて来た青草や木の葉を、一回目～三回目と同じような手順で牛を使い水田に鋤き込みます。いよいよ田植えの当日には、犂で引いた直後にまた馬鍬を牛に引かせて、水田の土がドロドロになるまで何回も繰り返して、入念に仕上げます。最後に柄振《えぶり》（約一メートル×三十センチの鋸歯状の木の板に約二メートルの柄を付けた、水田の土をならす農具）を使って水田全体を真っ平にならして、やっと田植えの準備が完了となります。

しかし、このＯ家のようにすべての農家が入念な稲作をしていた訳ではありません。叔父は遠い広島から、血統書付きの末広号という農耕用の子牛を買ってくるほどの篤農家で、特に米作りは熱心だったのです。当然、反当たりの収穫量や米の品質など、群を抜いていたことは言うまでもありません。

大明地《おみょうじ》という五軒の集落にＯ家がありました。親類などから「大明地の米はうまい」とよく言われたものです。これは叔父を中心にＯ家が一丸となって他家の二、三倍の労力で丹精を込めて作った米だからうまかったのです。夕方に仕事から帰り一〇〇メートルほど家に近づくと、「プーン」とうまそうなご飯を炊く匂いが漂っていました。冷えたご飯でもピカピカの艶がありとても美味しく、最近の米とは似ても似つかぬ全く別物でした。今はこんな米がどこにもないのが残念でなりません。

田植えは柄振で真平に仕上げた、粘り気のある水田の土が固まらないうちにしなければなりません。そのため、家族総出、近所の手伝い、親戚の応援も加わって一年中で最も忙しい日となるのでした。当時の田植えは今のような機械ではなく、長い三角定規を掛け声と共に転がしながら苗を二、三本ずつ手で植える、すべてが女性の手作業と決っていました。水田の端から端まで真っ直ぐ張られた棕櫚縄に、正確に当てた三角定規を転がしながら、縦横約二十五センチ間隔の、碁盤目を作るように整然と植えられていました。碁盤目が真っ直ぐになるように植えるには、いつも三角定規が棕櫚縄に直角に当っていなければなりません。

これは田植えで最も重要ですから、三角定規を棕櫚縄に当てる作業は、年配のしっかりとした女性に担当してもらっていました。間隔がずれて歪んで植えられていると、八反取《はったんど》りという水田の除草に使う道具がスムーズに使えず、稲をいためて、収穫量も減ってしまうからです。

五反の田を一日で植え終わるには、約二十人の女性の加勢が必要でした。男手も、牛の使い手二人、柄振入れ二人、スマクラ打ち（水田の四隅や畦、石垣の直近などの牛が引く馬鍬ではどうしても残る部分を、人が鍬で打ったり練ったりする作業）二人、畦の修復などの雑用にも一人、苗代から天秤棒で担いで苗を運んだり、その苗の束を田の広さに応じて過不足なく水田の中へ配る人が二、三人。

この総勢約三十人が終日手隙の時間がないように、効率的に作業を進めないと一日ではとても田植えは終わりません。つまり、苗を植える約二十人の女性の手の動きを止めないようにしなければなりません。そのためには、早朝の苗取り（苗代から苗を引き、直径約五センチに稲わらで束ねる田植え前の作業）に始まり、田植えがすべて終わり牛を水で洗ってやるまで、いつ、誰に、どの作業をやってもらうかを決めて、次々と途切れなく段取りをしていく、総監督のような人が必要です。これは叔父が牛を使いながら、何人かに指示を出しながらやっていました。

この田植えの日の午前十時頃と午後二時頃の二回の昼食は、家の中でゆっくり食べる時間はありません。広い土間へ筵《むしろ》を敷いて、全員が泥のついた作業着のままで、急いで済ませるのが常でした。牛の餌も大きな桶に入れて、牛が休んでいる水田まで運んで食べさせていました。

小直しと大豆植え

田植えの翌日は家族だけで、小直しと大豆植えに追われました。苗の植え付けは前述のように、大勢が一斉に素早くする作業の連続ですから、深く植え過ぎたり、植え方が浅く根が浮き上がったりしたものも散見されます。これらを田の畔を回って点検しながら植え直すのが小直しです。これには慎重に水田へ入らなければなりません。そうしないと、まだ水田の土はとても柔らかいので、正常な苗を踏み倒す恐れがあるからです。

当時は味噌や醤油もすべて各戸が自前で作っていましたので、たくさんの大豆が必要でした。大豆は畑や焼き畑でも栽培していましたが、水田の畦のわずかな天端《てんば》部分でも必ず栽培していました。水田の肥沃な土を貼り付けているので、畑より良質の大豆が収穫できたからです。

畔の土が柔らかい田植えの翌日に、草刈り鎌の柄を定規の代わりにして、約四十センチ間隔にその柄の端で深さ七、八センチの穴を開けます。この穴へ大豆の種を三、四粒まいて軽く土で押さえて、その上へ穴から少しあふれるくらいに籾殻をかぶせるのが、畦への大豆植えでした。

籾殻を被せるのは私の子ども時分の役目で、棚田の周囲の畦が点々と茶色に変色していくのがおもしろく、つい大量の籾殻を水田の中までまき散らして叱られた日が懐かしく想い出されます。

牛の調教

耕運機を購入したのは私が高校一年の一九五五年でした。それまでの農業で最も重要な仕事は牛を使う作業で子牛の時にまず、鼻に穴を開けて鼻冠をつけます。鼻冠がなければ牛は使えません。これに棕櫚縄の手綱を三本つけて調教を始めます。

牛の後ろの者が二本の手綱を使い、前の者が一本を引き、最初に真っ直ぐ歩かせる訓練から始めます。同時に、前へ進めは「ホイ」、止まれは「ボー」などの命令語も覚えさせます。牛はとても臆病で少しの物音などにも驚いて急に暴れたりしますので、広い水田の中で徐々に慣らしながらやります。

次に、右の手綱を強く引けば右へ、左を引けば同様に左へ、牛の首が後ろへ振り向くほど大きく右へ引けば右回転などと教え込みます。牛が相当に慣れた頃を見計らって、鞍を負わせて犂《すき》を引く訓練も始めます。牛がいやがって急に走って、畦から下の田まで跳び下りた拍子に、犂の先が牛の背中に刺さり牛を殺してしまった例もあり、これが最も慎重を要するむずかしい訓練です。

そのほか、犂、馬鍬を引いている時には、畦や岸の草を絶対に食べない、休憩中は動かないなど、牛を安全に使うためには、人間の指示に率直に従うように、牛との信頼関係を築きながら気長に調教しなければなりません。

米を作るのは人海戦術

田植えが終わって約一週間後には八反取り《はったんど》（檜と鋼鉄などで作られた稲作で水田の除草に使う道具。稲株の間を押したり引いたりしながら除草する。単式と複式、底部の金具が回転するもの、単に釘で掻くものなど多くの種類がある）を使って除草が始まります。稲がやっと活着したばかりで草はほとんど生えていませんが、水田の土を拡散して水田全体を濁し、稲の生育を促すために重要な作業なのです。

そのほか岸や畦の草刈り、石垣の草引きも待っています。稲がある程度成長してくると、ところ

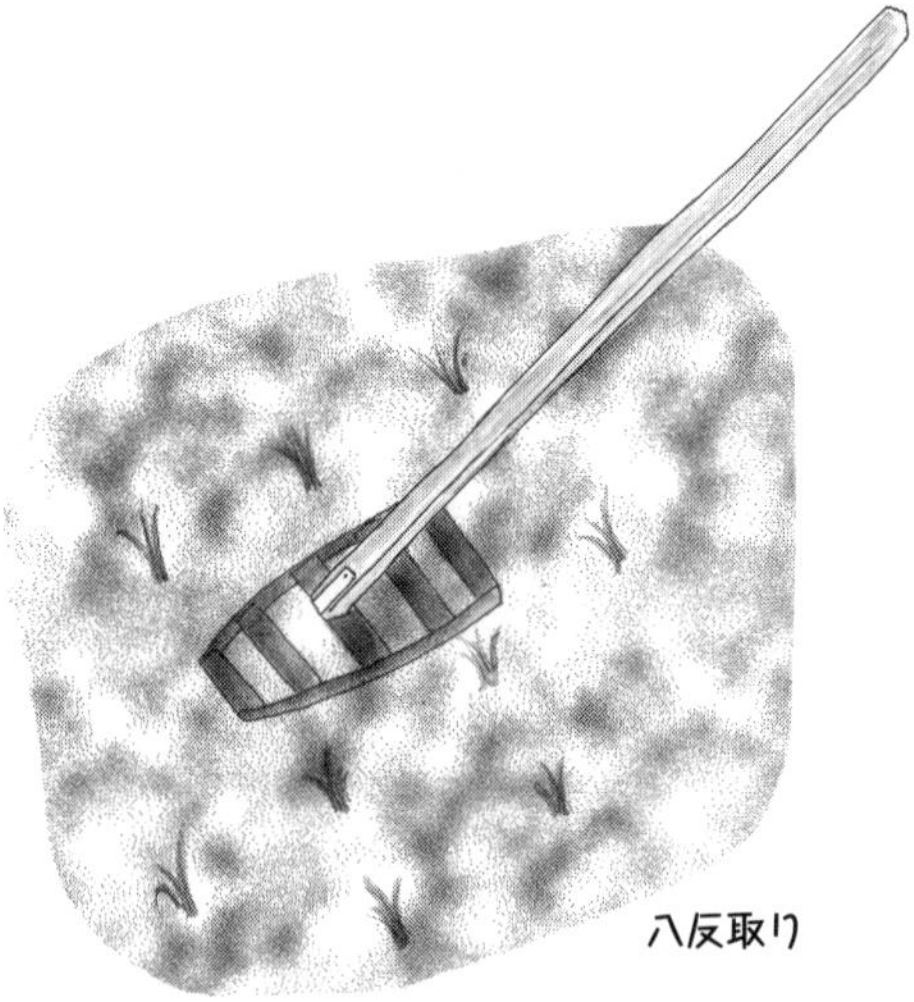
八反取り

どころの稲株に葉の緑が際立って濃く、勢いよく茂ってくるのが稗《ひえ》で、なるべく小さいうちに見つけて引かないと、穂が出て種が散ると来年は何百倍にも拡散する恐れがあるためです。この稗は米や麦の主食を補うために焼き畑などで栽培していた稗とは種類が違う、野生の稗のようでした。この稗が稲に混じることは、その家の仕事がずさんな典型で稲作の恥とされていました。

夏が近づくと害虫駆除が必須です。農薬などは一切使わず一匹ずつ手で潰すのですから、一番やっかいなのは黒カメムシの退治でした。見つけても直ぐに稲の葉の裏側へ隠れたり、株の間へ逃げ込んだりして、やっと捕まえて潰すとものすごい悪臭がするので、石油を入れた瓶を腰につけて、この中へ生きた黒カメムシを放り込んでいました。

共同のイデの水も一部水田へ入れていましたので、五軒の五十枚ほどの水田のすべてが毎日過不足なく適量の水で満たされるように、水量を公平に調節して回る人が必要です。これが重要な水当番で、五軒が持ち回りで秋の取り入れ（稲を刈って収穫すること）の直前まで続けていました。

また牛屋肥《うっしゃごえ》をまいたりと仕事は次々と目白押しです。一年中、この仕事で終わりという日は一日たりともありません。朝は夜が明けるのを待ちかねて田畑に出る、夕方は暗くなるまで仕事を続ける、籾摺機《もみすり》と牛以外はすべて人力ですから、人が動いただけしか仕事ははかどりません。まさに毎日の仕事が人海戦術というのが、当時のごく普通の農家の働き方だったのです。

福岡式自然農法と当時の稲作

「種類の違う多くの野菜などの種子を粘土ダンゴにして、土のある場所ならどこへでもばらまいて、草取りなどは一切しない。その場所での成育に最も適した野菜が収穫できる。稲も同じような方法で十分栽培できる」

これが日本以外では世界的に認められている、故福岡政信氏が実践し外国でも指導した自然農法です。この粘土ダンゴを東京の山の手線の沿線へこっそりとまいたところ、立派な野菜が育ったが、何も知らない職員が草取りの時に抜いてしまったと、福岡氏が三十年ほど前に語っています。

残念ながら福岡政信氏と自然農法も日本で知る人は極めて少ないように思います。この自然農法や私が経験した農業に比べ、現在の農業は大量の化学肥料と危険な農薬が多く使われています。もしも、福岡氏の自然農法が普及すると肥料も農薬も売れなくなります。これを恐れて政府、大企業の手先に成り下がって久しいマスコミなどから自然農法は無視され続けているのでしょう。

福岡式自然農法に比べ私が経験してきた稲作は、とてつもなく手間ひまがかかるものだったのです。これには、今では考えられないようなことですが、単に上質の米を作るという以外に、大きな理由があったように思っています。それは当時の農業全般、特に稲作についてはその家のすべてが評価されていたと言っても過言ではありませんでした。

まず、荒田起こしなど稲作の準備を早くから始めたかどうかです。遅く始めると必然的に秋の取り入れも遅くなります。昔は収穫量が少ないと言われていた早稲はあまり作らず、ほとんどが晩稲だったために、取り入れが遅れるほど台風などの被害を受けることが多くなるため、収穫量も少ないうえに品質のよい米にならないのは当然でした。従って、仕事の掛りが遅い家は、すべてが劣っている評価となります。牛の飼い方についても同様のようでした。「牛が肥えている家から嫁をもらえ。牛が痩せている家の娘は相手にするな」と、当時のお年寄りから聞かされたことが何度もあります。牛を飼うには、正月や祭りも関係なく一年中三六五日休む日はありません。新鮮な餌の草刈り、牛小屋の掃除など、家族全員が忠実《まめ》に毎日働かないと、切れ目なく餌を食べる牛は太りません。今のように牛専用の餌などはありませんので、品質の悪い籾米や麦、雑穀なども食べさせないと、良い牛には育ちません。ほとんどの家庭が食料不足だった当時は、稗はまだいい方で、樫《かし》や栃《とち》の実まで食べていた家庭もありましたので、品質の悪い籾米や麦も貴重品で、相当に余裕がないと牛に与えることはできなかったのです。

稲刈り

毎年のように、稲刈りの朝は冷え込んでいて手が凍え、時々両手を口に当てて息を吹きかけていましたので、十月下旬から十一月上旬が取り入れの時期だったように思います。当時は地球の寒冷期（一九四〇年～一九七五年）で、南国でも十一月下旬から雪が降り、家の周りは時々四十センチほど積る日がありました。

この稲刈りも一家総出で親戚などからも手伝いに来ていました。刃渡り十五センチほどで鋸歯の湾曲した稲刈り用の鎌を使って、大人はサック、サックと手早く競争するように十株以上を一度に刈り取っていました。私は手が小さいので数株がやっとで、いつも自分の持ち場が刈り遅れるので、急いで刈ると、刈り株が高くなりがちでした。株が高くなるとそれだけ稲わらも少なくなり、低く刈り過ぎると土や小さな石で鎌の刃を痛めるので、子どもの頃の稲刈りも褒められたものではありませんでした。

刈った稲は素早く自分の真後ろに広げて干します。一枚の田を刈り終わると、不思議に干した稲がぎっしりと敷き詰めたようになり、田の土が見える隙間は全くありませんでした。天気のよい日には、午後から足踏みの脱穀機で「ガーコン」という落語（親は汗だくで稲を扱いでいるのに、息子は大学で勉強もせず脱穀機を踏むような恰好で楽器を演奏している）にもあるようにガーコン、ガーコンとその日のうちにすべて脱穀して納屋へ運び込んで、翌日から天日干しで乾燥させるのが通常の取り入れです。

しかし、午前中は晴天で何枚もの稲を刈ったのに、午後に天候が急変して雨が降り始めると大変なことになります。昔は今のように正確な天気予報はありませんので、あの山に夕日が赤く照っていたので明日は晴天だ、などと経験で天気を予測していました。

ところが、O家は、海抜約六〇〇メートルの斜面で杉生山（標高一二二六メートル）の中腹

足踏み脱穀機

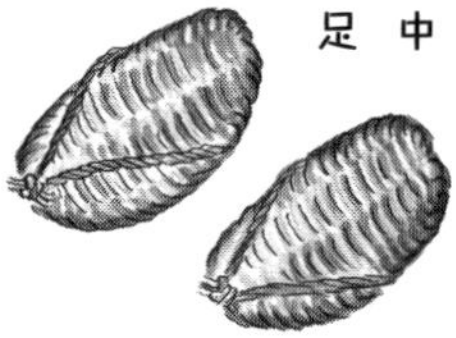
足中

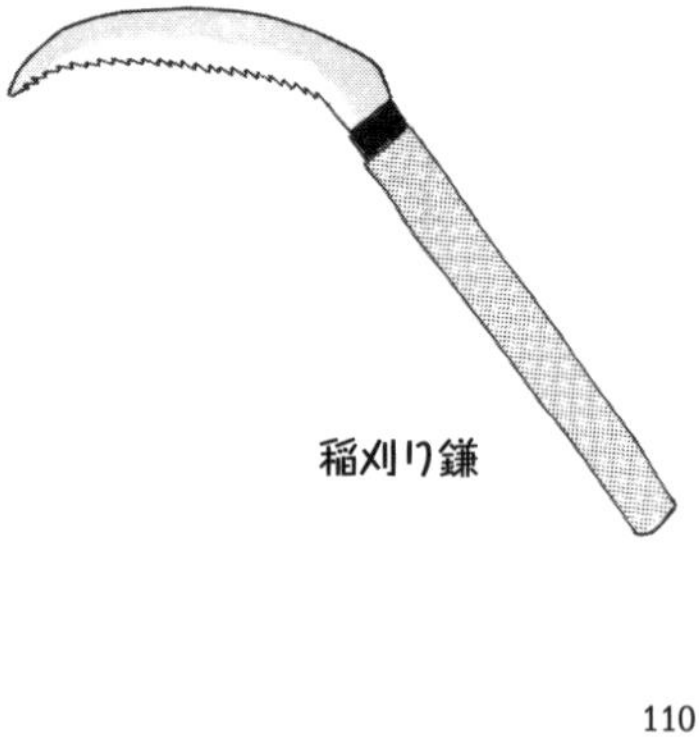
稲刈り鎌

にあり、近くには一七〇八メートルの石立山がそびえているのですから、天候の急変は頻繁でした。大きな納屋や牛小屋の二階、広い土間も刈ったばかりの大量の稲は置けません。雨の中で急いで稲を束ねる一方、家の縁の下にたくさん保管しているナル竿（直径七、八センチ〜十数センチ、長さ三メートル前後〜数メートルで、杉や檜の農作業用の丈夫な竿）を担ぎ出してきて、稲を掛けて干す「稲ハデ」を作らなければなりません。

家に近い田へ、短いナル竿を三角に組んで土に打ち込んで土台を作り、約一メートルの高さに長いナル竿を横に渡したのが応急の「稲ハデ」です。渡した一本のナル竿を支える三角の土台は最低でも三基は必要です。そうしないと「ハデ」が倒れたりナル竿が稲の重みで折れたりすると、水田に溜まった雨水に稲穂が浸って発芽するとまともな米にはならず、一年間の苦労も水の泡となるからです。

稲わら一本も無駄にしない

好天で当日に刈った稲のすべての脱穀が終わって、無事に籾米を納屋へ運び込んでもまだ安心はできません。束ねた稲わらを一束ずつすべて三角に広げて田一面に干してあるからです。夜中に雨が降り始めると、家族全員が跳ね起きて田へ走り、急いでわらの始末となります。田の何箇所かへ稲わらを積み上げて上部を杉皮で覆って応急の稲倉を作り、なるべく早く稲わらを乾燥させないと、また一大事となるのです。

当時の農業では稲わらの一本も無駄にしなかったものです。わらは牛の餌にする、牛が寝やすいように牛小屋へ入れてやる（元気な牛はほとんど寝ている）。縄を綯《な》う（わら縄はあらゆる農作業の必需品で、足踏みの縄綯機《なわない》で大雨の日などの縄綯いは重要な作業の一つでした）、「フグツ」（籾米、イモ類、椎茸、柿、野菜など農作物の収穫時の必需品で、直径数十センチ～一メートルの大きな入れ物）を編む、足中《あしなか》（日常や農作業時に履く草履。当時は地下足袋も貴重品で危険な山仕事など以外ではあまり履かなかった）を作る、筵《むしろ》（幅約一メートル、長さ約二メートルのわらで編んだ厚い敷物。籾米、小豆、など穀物を天日干しする必需品）を編む、畳の材料、霜や雪除けに野菜を覆う、翌年に余ったわらは畑の肥料にするなど、わらは農業には必需品で、牛小屋の二階や物置などで大切に保管していました。

取り入れが終わるとすぐ麦まきの準備に取り掛かります。稲を刈った田をそのまま牛に犂《すき》を引かせても、稲株がしっかりと土を固めているため容易に耕すことはできません。そのため、最初に「株切り」という作業をする必要があります。長さが約二十五センチで、柄をつける穴の付近が数センチ、先は約十センチで三角に尖った鋭い刃になっていて、これに約一、二メートルの樫の柄をつけた鍬が「株切り」という農具です。

前屈みになって、稲株の土に隠れている部分の上から三分の一ほどに、この鍬を打ち込みながら、十株くらいずつを順々に切って行きます。強く打ち込んで土の中の株を切ると同時に、小石などに刃が当って摩耗して切れなくなるので、一時間くらい切ると泉まで降りて行き、砥石で刃を研がなければなりません。

寒い冬に三椏《みつまた》の手伝い

私が育った家は海抜約六〇〇メートルの斜面で、吹雪の日などには氷点下十度以下にもなる日も珍しくなく、最低は氷点下十六度まで下がった記録もあるほどです。年末が近づき寒さが厳しくなると、寒い日に泣きながら手伝った、子どもの頃の三椏《みつまた》伐りがよみがえってきます。

三椏は百科事典などには、ジンチョウゲ科の落葉低木でヒマラヤ地方が原産地とされ、大昔から日本でも和紙の原料として全国各地へ栽培が広がったとあります。私が子どもの頃の一九五〇年代には、樹皮が紙幣の原料としてよい値段で取引され、農家では安定した現金収入として重宝されていました。

三椏は十二月から二月頃の田畑の農作業が比較的に少なく、寒い時期に原木を山から伐り集める作業から始まります。O家の三椏は栽培ではなく、あちこちの杉林の中に自生していました。焼き畑へ植えた三椏の種が杉林へ広がったものと思われます。

杉林は植林後三十年前後の大木が多く、林内へは直射日光はあまり当たりませんでした。そのうえ、良質の三椏が育っている場所は湿気の多い沢筋で、沢には一面に厚い氷が張っていて、最も寒い時期の三椏伐りですからたまりません。吹雪の日に杉林で伐り集めたつらさは一生忘れられないでしょう。

三椏の太さはほとんどが数センチ前後ですが、左手で柔らかい幹をつかんで曲げた位置へ鎌を入れて、ずらしながら鎌を引くと比較的容易に伐ることが可能です。問題は荷造りです。長さが二メートル前後の三椏を藤葛《ふじかずら》で十キロほどに束ねなければなりません。藤葛は木のように硬くて太さが手の親指ほどの丈夫な葛で、相当弾力性がある三椏を、きつく束ねるのは小学生にはとても無理な作業です。手も凍えて自由がきかず、この作業のつらさは今でも思い出すと泣きたくなるほどです。

寒い季節に必ずよみがえってきて今でもぞっとするのは、同じ頃寒い日の農作業では三椏伐り以外でも、いつも両手の手首から先が凍えて真っ白になっていたことです。感覚がなくなるので、時々懐手をしたり揉んだりしながら何とか作業はやっていました。

夕方に家へ帰って真っ白にしびれた手を暖かい湯につけた時、血が十分に通い始めて手が赤みを帯びると同時に、痒いような痛いような何とも気持ちの悪い感覚を忘れることはありません。今考えると凍傷寸前だったのではないかと思います。

長くて厳しい三椏の作業

山から背負って運び下してきた三椏は、蒸して皮を剥がなければなりません。庭の隅にある石と赤土で作った竈《かまど》にかけた、ハタソリという大きな鋳物の釜の上へ、直径約一メートル、高さ二メートルほどの大な木製の釣り鐘状の甑《こしき》の中へぎっしりと三椏の束を詰め込んで、午

三椏を蒸す

前二時頃に竈の薪に火をつけます。夜が明ける六時か七時頃には、井戸の釣瓶《つるべ》を引き上げる要領で甑を持ち上げ、蒸し上がった三椏を倒して取り出します。

　蒸した三椏は冷えるに従って皮が剥ぎにくくなるので、これも家族全員で剥がしにかかります。三椏の根元から五、六十センチほどの皮を剥いでから、庭に打ち込んである木の柱に、三椏の木の部分と皮の部分を両手で開いて引っ掛け力いっぱい引き、次々と皮を剥がしていきます。

　剥いだ皮は十分に天日で乾燥させ束ねて一旦納屋へ積み上げて保管します。天気のよい日には一日に二釜（二回釜で蒸すこと）か三釜ほど、こんな作業が二月末頃まで続きました。

　三月頃から保管していた三椏の皮を、水に漬けて柔らかく戻して「三椏剥《へぐ》り」に取り掛かります。これは主に女性の仕事でした。長さ約五十センチで鋼鉄のふたまたの刃がついた金具を、厚い板へ直角に打ち込んだ「三椏剥り」という道具を使います。筵の上へこの道具の板の部分を膝の下に敷き込むようにして座り、三椏の皮をふたまたの刃の間に挟み、左手でふたまたの上部を揃えて握り、挟んだ三椏の皮に圧力をかけ右手で皮を手前へ強く引っ張ります。一枚ずつこの作業の繰り返しで、黒い表皮を取り除いて行きます。これでも、枝の部分や傷の部分などに残った表皮は、再度一枚ずつ小刀で削り取って仕上げます。

この作業は雨天の日などに小屋の中で、農作業の合間を見て五月頃まで続きます。水で戻した三椏の皮はドロドロで粘り気が強く、全身が黒い皮だらけになりながら根気のいる過酷な作業でした。黄色に仕上がった皮は乾燥して再度保管して置きます。

五月頃、田植えの準備などの合間の好天の日には三椏晒《さら》しです。保管していた三椏の皮を、約二キロ下の那賀川まで家族全員が背負って運び、川の流れに漬けて白くなるまで半日ほど晒し、河原へ広げて乾燥させます。夕方には一斉に背負って家まで運び上げてきます。

この白く仕上がった三椏の皮を、数十キロずつ米俵のように堅く丸める荷造りをして、農協まで背負って運ぶという、年末から六月頃まで、今考えると気が遠くなるような長くて厳しい作業の連続が三椏の手伝いでした。

梅の花の炭——炭窯《すみがま》を作る

炭窯を作ったのは、私が中学生頃の一九五〇年代半ばだったと記憶しています。プロパンガスなどのない当時は、薪と共に木炭も重要な燃料でした。囲炉裏で薪を焚くと煙が出るのと、木の種類によっては燃える時に弾けて火が座敷へ飛び散って危険なので、なるべく囲炉裏では炭を使うようにしていました。

O家の山を借りて副業に炭焼きをしていた人から、O家がお礼としてもらう炭は粗悪品が多かったために、O家で良質の炭を焼くことにしたのです。昔の炭窯は家から遠くの急斜面の山の中へ、すべて人力で作らなければなりませんでした。良質の炭が焼ける本格的な炭窯作りは、高度な知識と技術が必要で、とても農作業の片手間にできるものではありません。

知識も経験も豊富な炭窯作りの名人と言われていた広さんを雇うことになり、広さんは釣り竿一本を肩に、大きな鉈を腰にぶら下げて、高知県から泊まり込みでやってきました。紅葉が色づき始めアメゴ（ヤマメ）がよく釣れる秋の初めでした。広さんは器用な人で翌日から、叔父が趣味にしていた五葉松や真栢《しんぱく》など庭木の剪定に専念しました。炭窯にかかる様子はなく、アメゴ釣りや山のあちこちへ、くくり（罠）を仕掛けて山鳥、雉、兎を毎日のようにさげて帰ってきました。夜はそれらを肴に、叔父と酒を酌み交わします。

こんな調子で、年が明けた頃にやっと家から二キロほど上った杉林の尾根付近の斜面へ窯を作ることになりました。二か月余り山を見歩いていた広さんがその場所を試掘し、赤土の質が炭窯作りに最適なことと、その付近の雑木林に炭を焼く原木に適した樫、椿などが多いことなど好条件が揃っていたからです。

広さんは独特の訛りがあり早口で話すので、大人と作業の段取りなどをやり取りしている内容を私は詳しくわかりませんでした。ただ一つだけ今でもはっきりと記憶にあるのは、「炭窯へ梅の花を一輪入れる。この花がそのまま真っ黒い炭になっていたら約束の金をもらう。花の形が崩れていたら金はもらわん」としきりに主張していたことです。

広さんの指示に従ってまず赤土堀りから始まりました。すべて手作業の人力で、使う道具は前の「水田の造成」と同じで、鍬、鋤簾《じょれん》、鶴嘴《つるはし》、ショウレン、ハセバ、掛矢、玄翁《げんのう》、モッコ、ドロミが主なものでした。

赤土は横の空地へ積み上げ、掘った斜面の窪みをさらに掘り広げて窯作りを進めました。下部の床の面と半円形の壁の石などをきれいに取り除き、掛矢で入念に打ち固めました。空気が漏れないようにするためです。窯から少しでも空気が漏れると、炭が焼き上がっても完全に火を止めることができず、炭が燃え続けすべて灰になってしまうからです。

次は原木伐りで、これも広さんが伐る木を選定しました。初窯は炭を焼くと同時に、焼く原木で炭窯全体を形作るために、なるべく曲がりが少なく太さも揃っている木が必要だからです。原木を縦にぎっしりと並べて天井部分を丸く作り、上部全体を筵で覆いました。その上へ赤土を満遍なく三十センチの厚さで敷き詰め、硬くなるまで入念に掛矢で打ち固めました。

窯の左側へ煙突を作り、窯の前部へ高さ約一、五メートル、幅約五十センチの細長い窓のような入り口を作り、中の原木が覗けるようになっていました。炭窯の上部の斜面へは雨水が流れ込まないように側溝を掘り、雨除けの炭窯全体を覆う屋根もでき上がり、やっと炭窯が完成しました。

いよいよ火つけです。前部の窓のような入り口で薪を燃やし、その火を窯の中へ吸い込ませるようにして中の原木へ火をつけるのです。原木は乾燥していない生木ですから簡単に火はつきません。入り口付近は一見火がついたように赤々と燃えていても、全体に燃え広がる程度に中まで高温になっていないと、火がついたと早合点して入り口を塞ぐと火は消えてしまいます。

広さんの指導で、完全に火がついた時の確認は、煙の色と、煙突から約三十センチの高さで、吹き出ている煙を掌に当てて、熱さに耐えられるまで数を数える、というものでしたが、詳しいことは忘れてしまいました。前面を赤土で入念に塗り固めて、蒸焼きの炭が焼き上がった数日後、窯が冷えるのを待って窯を開けました。広さんがいつの間に入れたのか、椿の太い炭の窪みに、見事な黒光りをした梅の花が咲いていていました。

第四章

山と川に生きる

杉が生き甲斐の叔父

O家には広大な山林があり（養子にいったけれど入籍していなかったので、私の財産は全くありません）、重要な稼業だった「杉を育てる」作業の手伝いも重要でした。県外の遠くの山は別にして、私がよく手伝いに通った近くの杉林は「西野か」片道約二十分、「森の畝」同約三十分、「安が谷」同約四十分「杉宇」と「赤石」同約一時間、「那谷」と「久井谷」同約二時間でした。

どの杉林への山道も他人の土地を通るのはごく一部で、ほとんどがO家の原生林の中でした。いずれの時間も今の気楽な日帰り登山とは大違いです。杉苗など重い荷物を背負ったり、鍬や鎌、鋸などのたくさんの道具を携えて、急峻で危険な岩場などのけもの道を上ったり下ったりする時間ですから、距離は近くて一キロか二キロ、遠くても数キロだったと思いますが、気を抜くと谷底まで転落する場所も何箇所かありました。

一九五〇年代から始まる「拡大造林」は、天然の広葉樹を皆伐した跡地や原野に補助金で主に杉を密植する国の政策で、広葉樹の価値が低いと敵視した誤った愚策です。一九六四年の貿易自由化で、木材価格は暴落して林家は間伐や下草刈りの費用もなく、約七十%の杉林は今も荒れ放題の状態です。荒れた杉林は保水力も生物の多様性も失われ動物の餌もありません。

杉、檜、以外の林業技術、橅《ぶな》、欅《けやき》などの広葉樹を扱う技術も衰退してしまいました。近年の土砂災害、大雨時の大災害、イノシシ、クマなどの出没、砂浜の減少、沿岸漁業の衰退などはすべて「拡大造林」が元凶と言っても過言ではありません。これは、私の約二十年間の体験と目の当たりにしてきた事実そのもので、荒れ果てた杉林の現場を見れば一目瞭然です。

最近、忖度が流行し憲法も基本的人権も無視する保守政権下でますます貧富の格差が拡大する一方、山林を中心に国土は荒れ放題で、少しの雨でも大災害が頻発しています。この保守政権に忖度して国会議事録、政府の重要書類の改ざん、廃棄が日常茶飯事となっていますが、この「拡大造林」こそ忖度の大先輩です。国会はもちろんのこと、学者、官僚、自治体、大手マスコミのすべてが「拡大造林」のカの字も出すことは絶対にありません。

叔父はこの「拡大造林」を横目に「モトヤマ(広葉樹の林)を絶対に伐ってはいかん」と従来の粗放林に徹していました。主に昔から粟、稗、小豆などの農作物を栽培していた跡地などへの植林が多く、密植を嫌って植林の間隔は狭くても十メートル前後だったように思います。したがって、杉林の中に楢《なら》、梓《しで》、栗などの木も育ち、この杉林の中でシイタケ栽培、炭焼き、薪伐り、ミツマタ栽培などもやっていました。

叔父の山は大半が急峻な広葉樹の山林でした。「拡大造林」をやろうとすれば相当できたはずです。もし叔父が国の方針に従って「拡大造林」をやっていたなら、何も知らない当時の私はそれに加担するしかなく、今の私にこんな文は書けなかったと思います。仕事にはとても厳しい叔父でしたが、この先見の明に敬服するばかりです。

叔父は篤農家である一方このように林業にも熱心で、特に杉の造林を生き甲斐にしていました。農業では当時、最も重要だった農耕用の牛に育てる血統書付きの子牛を、わざわざ遠い広島県から買ってくるほどでした。杉に対しても同様で高知県の「やなぜ杉」の実が一番良いと、千本谷を遡《さかのぼ》り高知県境の山を越えて、奈半利《なはり》川の上流まで泊まりがけで出かけ、古木の杉の実を購入し、大きな袋にいっぱい背負って帰っていました。この実を畑へ蒔き大木の杉に育てるのですから、根気のいる仕事です。

叔父と杉林で下草刈りなどの作業中に「これはわしが三十年前に植えた杉じゃ」と、特に成長が良い、胸回り一メートルほどの大木を見上げている叔父の姿が、今でも目に浮かんできます。

当時も「挿《さ》し木苗」を植林している林業家がいると、叔父から聞いたことはありますが、叔父は「実生苗《みしょうなえ》」の一点張りで挿し木苗は全く作りませんでした。九州森林管理局の、一九六四年から一九七九年までの、杉の実生苗と挿し木苗の成長比較試験によると、幹が太くなる肥大成長と、幹が伸びる上長成長共に挿し木苗より実生苗が良好となっています。叔父は長い経験からこのことを熟知していたに違いありません。

杉苗が、三十センチ前後から五十センチほどに育つと山へ植えることになります。前日に引いて活けておいた苗を早朝に三十本から五十本を一束にします。場所にもよりますがこれを三〇〇本ほど背負い、ハセバ（鍬と鶴嘴の中間で小型の細い鍬）、柄鎌（鎌と手斧を合わせたような主に細い木を伐る道具）ドロミ（竹を編んで作った、一人で土を抱えて運ぶ道具）などの道具一式を携えて山へ向かいます。

二〇〇本の杉が枯れる

杉を植える仕事も、楽なものではありません。土質が肥沃で比較的に勾配も緩く畑のような場所の植林は何でもありませんが、こんな好都合な山は滅多にありません。勾配が急峻になると苦労も増加します。叔父の山は場悪《ばわる》と呼ばれていた、急峻であちこちに岩場やガラク（ざれ場）などがある箇所が多かったように思います。

自分の身体が滑り落ちないように左手で木の株か草を掴み、まず右手のハセバで深さ三十センチほどの穴を掘ります。次に杉苗を小分けして背負っているドンゴロスの袋の下部の穴から、一本抜き取り植えつけます。土の少ない岩場などへ、そのまま植えても杉が枯れてしまいますので、土を運ばなければなりません。これが何ともしんどい作業です。その岩場の勾配が緩く土のある場所が近くであれば、ドロミで抱えて運ぶのでそれほど苦労はしません。ところが、岩場が急峻で広い場合は、両手でドロミを抱えて運ぶのはとても危険です。フグツで土を背負って運ばなければなりません。

杉は比較的に活着が良い方の木だと思いますが、ずさんな植え方では枯れてしまいます。中学生の頃に久井谷へ行った時のことです。二〇〇本植えたら魚を突きに行ってよいという約束で、一生懸命に植えました。杉を植えているすぐ下の沢（久井谷）は大きな淵や瀬の連続で、ヤマメの宝庫でしたが、「拡大造林」後の一九七一年の山崩れの大災害で、砂防ダムがエスカレーターのように作られ、昔の面影は全くありません。

三十センチの大型のヤマメが泳いでいるのがチラチラと見えるようで、杉を植えるのも上の空でした。ヤマメを気にしながら慌てて植えた二〇〇本ほどの杉は、大半が枯れてしまったのは当然です。

私が仕事の手伝いをしながら育ったO家の農林業の基本を簡潔に言いますと「水田（稲が育っている）に雑草は一本も生やさない」「杉林の葛《かずら》も一本も残さず刈り取る」に尽きます。つまり、農業では単に食物を栽培すれば良い、林業ではただ木を育てれば良い、という安易なものではなく、少し大袈裟に言えば農林業に対する哲学のような厳然とした掟がありました。

そこでは水田に草が生えている、杉に葛が巻いていることは即「仕事を怠けた結果」との結論となるのですから、手伝いもなかなかでした。

このような中で、植えた杉が枯れたなどということは怠け者の極みで最悪です。大目玉を食い、すべて植え直しをやらされたことは言うまでもありません。

下草刈り

下草刈りは杉を植えつけて以降の最重要作業でした。植えつけ後の数年間は夏と秋の二回、毎年やっておりました。この時期は下草（杉林に生える草や木の総称）も比較的に小さいので、下草鎌（四〇〇グラム以上の丈夫な鎌に、一メートル前後の樫の柄をつけた下草刈り専用の大きな鎌）だけでほとんどの作業が可能です。

ところが十年前後から杉が大きく育つと、下草刈りは場所にもよりますが一年から二、三年間隔になります。当然下草も大きくなり杉を覆っているので、それだけ作業はきつくなります。道具も下草鎌のほかに、柄鎌と鋸

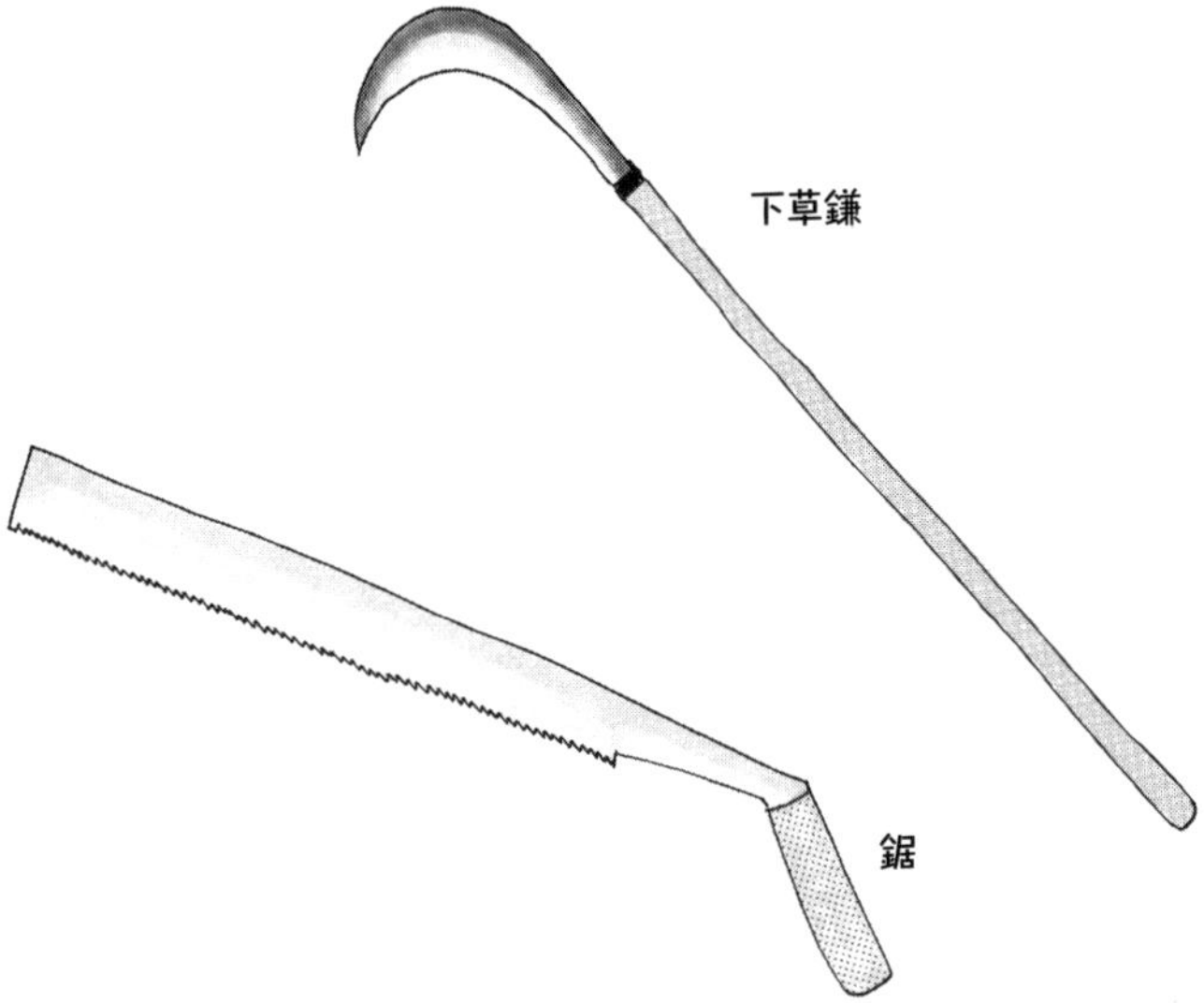

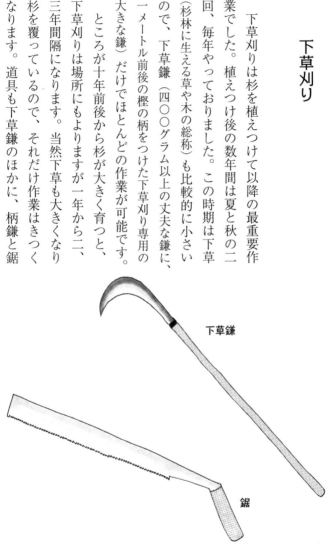

は最低限必要です。これを常時腰につけていないと作業はできないので、これだけでもとても重いうえに危険です。特に柄鎌は丈夫な刃がむき出しになっているので、滑って転げると大怪我をすることがあります。

下草刈りの作業はいろいろなやり方があります。一例として二人でやるときは上下に並んで同じ方向へ向かって、下草鎌が上下に届く範囲で約三メートル前後の幅で刈り進んで行きます。一定の端まで刈り進むと上下が入れ替わって折り返す。これを繰り返します。下草鎌で無理な木は柄鎌で、それより太い木は鋸で伐り倒します。

書くのは簡単ですが、ほとんどの木には葛《かずら》がぎっしりと何重にも絡んでいるので、伐っても容易には倒れません。木によじ登って葛を切り払いながら引っ張って引き抜くようにして倒します。ところが、伐った木と共に葛が自分の上に覆いかぶさって、身体が木と葛に埋まりどうにも身動きができなくなることも珍しくありませんでした。

下草刈りで難儀なのは蜂の巣です。杉林にはスズメバチは滅多に巣を作りませんが、オオスズメバチ、アシナガバチなどの巣がありました。最も巣が多く毎日のように刺された蜂は、シバツケと呼んでいた体長一、五センチの黄色い小型の蜂です。巣は手の平の指をそろえたほどの大きさで厚さは約一センチで、一つの巣に二〇〇匹前後の蜂がいます。身体に似合わず刺されると大変な蜂です。

杉が小さい時分には比較的見つけやすいのですが、杉が大きくなると、いたる所に巣があり、どこから襲ってくるかわかりません。蜂は巣を突っつくなど、刺激しない限り人間を襲うことはありません。

刺されるのは蜂の巣に気づかず、巣のある木を鎌で伐った時などです。この時はドーッとほこりが立つように一斉に蜂が襲ってきて、少なくとも二、三十箇所は刺されます。背中など衣類の上から刺された時はそれほどでもありませんが、顔や手の指など刺されると最悪です。特に目の付近を刺されると、青黒く腫れて数日間は物が見づらくなります。手の指を刺されると、指の骨まで痛くなりしばらくは鎌も持てなくなるほどです。蜂に刺されないためには、当然ですが蜂に襲われるより早く巣を見つけることに尽きます。

鋸《のこ》の目立て

農林業ではそれぞれの作業もさることながら、道具の手入れも必須の技術です。普通の草刈り鎌、稲刈り鎌、下草鎌、柄鎌、手斧、鉈、鋸の七種類（それぞれ大小など何種類かを作業により使い分けます）の刃物類は昔の農林業では最低限必要な道具でした。

刃物を砥石で砥ぐのはそれほどでもありませんが問題は鋸の目立てでした。目立ては専門家がいるように、とてもむずかしい作業の筆頭でしょう。これには三種類の技術が必要です。①一枚一枚刃を鑢《やすり》で均一に砥ぐ②歯の切っ先をそれぞれ同じ角度で砥ぐ③歯振《あさり》金具で鋸の歯を一枚一枚左右に同じ角度で開ける、です。

問題はこの歯振で、開け過ぎると歯が折れてその鋸は使い物になりません。左右の開きが不足していると、木に鋸の歯が挟まって鋸を動かすことが不可能になり、全く木が挽けなくなります。これを鋸が木に食われると言っていました。そのうえ①と②が左右均一にできていないと、当然木を真っ直ぐに挽けず、左右のどちらかへ歪んでしまいます。この鋸の目立ては、大雨などで外の仕事ができない日の作業の一つで、かなりやってみましたが真っ直ぐに挽ける鋸は一丁もできませんでした。

川の恵み

子どもの頃の遊びは近くの川と里山が中心でした。アメゴ（ヤマメ）を釣る。川に潜って魚を突く。ウナギやヤマメに投げ釣りを仕掛ける。筏に乗って川を下る。山では小鳥を捕る。くくり（罠）で山鳥や野兎を捕る。木の実やキノコ採り、木登りなどが思い出されます。

私が川で遊んだ記憶は、二、三歳頃から断片的に思い出すことができます。両親がまだ健在の頃に三歳まで育った西宇（旧木頭村・現那賀町）の家のすぐ下の那賀川に大きな淵がありました。当時の那賀川の上流もいかに豊かな川だったかはこの淵の大きさが物語っています。

二歳上の兄が小学生の頃、この淵で夕方に鮎を入れ食いで釣っているお婆さん（当時、女性で釣りをするのはこのお婆さんだけだったらしい）を見ていたところ、ヤマメ釣りを始めたとたんに大きなアメマス（サツキマス）が掛かり、やっとのことでマスを砂場へ引き上げたそうです。砂場を掘って活けていた二十匹余りの鮎は兄がもらい、約五十センチのマスは籠から尻尾を出して跳ねるので、お婆さんは手拭いで籠を縛りながら小走りで帰っていったと、兄が最近話していました。

大きな淵は、対岸から蛇行した本流がこちらの川岸へ突き当たって大きく渦巻いていました。淵の周囲は広い砂浜と岩場で、深い流れは青々と海のように広がっていました。ガゴゼ（カッパ・ガロとも呼ばれる）という魔物が淵の底に棲《す》んでいて子どもを引きずり込むと言われていましたので、恐ろしくて滅多に近寄れませんでした。

「拡大造林」より以前の川は瀬、淵、砂浜、流れの蛇行と、変化に富み、エビ、ドジョウ、ジンゾク、ハイゴ、モツゴ、ウチチコ、ツネリコ、ウナギ、イダ、アメゴ、アメマスなど多くの魚などが生息していましたが、今はほとんど絶滅してしまいました。淵の上流には本流から分かれた小さな流れがあり、子どものかっこうの遊び場となっていました。

それが「拡大造林」後は淵も砂浜もなくなり、蛇行していた流れが直線化して、その大きな淵も今はわずか幅十メートルほどの流れとなり、昔の面影がすっかり失われています。このように、大きな淵が埋まり流れの蛇行もなくなり川が直線化してしまったため、洪水時に流量の一時的な逓減が不可能となり、下流の流量も一挙に増大するため、最近は大水害が全国各地で頻発しています。

初めてアメゴを釣る

私がアメゴ釣りを始めたのは小学校へ上がる前の五歳頃でした。五歳の子どもが一人で大きな川へ釣りに行くというのは、すぐ流されて死んでしまうのではないかと、自然の山や川で日常的に遊ぶ子どもがほとんどいない今では信じがたいことでしょう。しかし一九四〇年代から一九五〇年代、山村の子どものごく普通の遊びは、大きな木に登ったり川へ潜ったり泳いだりすることでした。

初めてアメゴを釣ったいきさつや情景をはっきりと記憶しています。イチオジさんと呼ばれていたお年寄りの小間物屋さんが家へ来ました。五厘（五号）の太いテグスと大きなアメゴ針を買うと、イチオジさんが丁寧に釣針をくくってくれました。

古参竹《こさんだけ》の枝だけを払ったお粗末な自作の釣り竿に結びつけ、一人で通称「大城の前」と呼ばれていた那賀川上流の、大きな本流とは別に広い河原を蛇行している小さな流れの瀬へ、見よう見まねで竿を出してみました。目印が少し横に動いたような気がしたので、何気なく竿を上げたところ、十センチほどのアメゴの当才子《とうさいご》がひらひらとあがって来ました。

餌は何だったのか、その後のことなどは全く覚えていません。それにしても、よく逃がさないで取り込めたものです。針が三十センチの大物でも釣れる八分ほどだったのでバラさなかったのだと思っています。

投げ釣り

子どもの頃に夜明けが待ちどうしかったのが投げ釣りです。投げ釣りは夕方から翌朝まで川へ仕掛けるはえ縄です。長さ数メートルのシュロ縄に枠の板切れをくくりつけ、一方には長さ三十センチほどの細い木綿糸を数本撚《よ》って、大きな釣針を取りつけると一式の投げ釣りの完成です。

餌はガンタロ（鉛筆ほどの大きなミミズ）か、小指大のジンゾク（ゴリ）を釣針で縫うようにして刺します。これを三十本ほど籠に詰めて、カジカの合唱がこだましている川へ下りて行きます。拳大の石を釣針の少し手前へ結びつけて、渕や瀬、大きな石の近くなどあちこちへ仕掛けます。この場所選びで魚が捕れるかどうかが決まるのです。

あの淵の仕掛けには五十センチもある大きなマスがかかり、釣針を結んだ糸が切れそうになっているかも知れない、あの瀬では大きなウナギが仕掛けをねじ切っていないだろうか、こんな期待と心配が仕掛けた場所ごとに次々と目に浮かび、なかなか眠れませんでした。明るくなると獲物が逃げると言われ、夜明けを待ちかねて薄暗い中を川へ走るのも投げ釣りの楽しみでした。

トバセでアメゴ

一九七六年の大災害（拡大造林後の杉林の大崩壊）で川が壊れる前までは、旧木頭村内の那賀川上流部も、今では想像もできないほど水量も多く、約一〇〇メートル間隔で大きな淵や深くて流れの速い瀬がありました。

夕方や雨の日には川面で「バシャッ、バシャッ」と大形のアメゴが、羽虫をめがけて水中から飛び上がっていました。竿や毛針も子どもの手作りで、大人の真似をしてトバセをやってみましたが、釣れた記憶はありません。

トバセは木頭地方の方言でアメゴ（ヤマメ）の毛針釣りを指します。最近はこれをテンカラ釣りと呼び、昔のトバセとは針も釣り方も違います。私が子どもの頃のいわゆる昔テンカラは八分（八号）ほどの大きなアメゴ針に、家で飼っていた鶏の尻尾の毛を巻きつけて作った小指の先くらいの大きな毛針でした。

今のテンカラは一九七〇年代の日本のすべての川が拡大造林で全滅して、天然のアメゴが皆無となり養殖のアメゴの放流が始まった頃から流行しているようです。川の破壊と同時に釣りブームで釣り場が荒れて、昔テンカラでは放流のアメゴもほとんど釣れなくなったため、私もやっと二十年ほど前から仕方なくテンカラの毛針で釣っています。

昔テンカラは、絹糸を足の親指で挟み両手で鶏の細い毛を針に巻くだけの簡単な方法で、約三分で作ることができます。ところが今のテンカラの毛針を作るには多くの道具や材料が必要です。まずフックという針と、この針のボティを作るために巻くピーコックハールと呼ばれるクジャクの羽と、これらを針に巻きつけるスレッドという糸（私は一〇〇円で売っているミシン糸を使っています）、最後に毛針の主体となるハックルと呼ぶ鳥の毛（昔テンカラは針とこの毛だけ）、接着剤の最低五種類の材料が必要です。

次は道具です。フックを固定するバイスという小型の万力、ハックルを挟んで毛針に巻くハックルプライヤー、各種の糸を巻くボビンなど多くの道具を揃える必要があります。

五十年ほど前の夕方です。私は虫釣り（針に川虫などを刺してアメゴを釣ること）をするため、急流の瀬で腰までつかり川底の一抱えもある大きな石を持ち上げて、石の裏にへばりついているトビケラの幼虫をせっせと取っていました。すると、すぐ上流の渕でトバセを始めたベテランらしい人は、ほんの二、三分の間に五匹ほど形の良いアメゴを釣り上げました。私が虫釣りをやめてトバセを始めたのはこの頃からです。

毛針は子どもの頃を思い出し見よう見まねで、鶏の毛を釣針に絹糸で巻いて作りました。最初は、毛針にアメゴが盛んに飛ぶ（アタックする）のに、空振りばかりでさっぱり釣れません。毛針が駄目なためだと、色や大きさ巻き方などを工夫し、毛針の改良に没頭しました。しかし釣れない原因は毛針ではなく、竿の調子と毛針を打ち込んでから引く方向と時間にあると、数年後にはたと気がついたのです。それからは時々ですが大釣りをするようになりました。

釣りは鮒に始まって鮒に終わるとよくいわれますが、浮きの微妙な動きから鮒とのやり取りに奥深さがあるのではないかと思います。昔テンカラのおもしろさは、アメゴが毛針を目掛けて深い淵からもの凄い勢いで飛び掛かってくることです。時には勢い余って二メートル以上も空中へ飛び上ることも珍しくありませんでした。

残念なことに拡大造林で川が壊れてから、こんな釣りも皆無となりました。今は米粒のように小さなテンカラの針を、虫釣りのように沈めて静かに流します。昔テンカラの釣りとは比べようもありません。

河原で芋焼酎

子どもの頃の川遊びで一番の思い出は、十戸ほどの大城集落の前に広がっていた「大城の前」という平坦で大きな河原です。集落側にも支流の大明地谷《おみょうじだに》が流れ込んでいて、全体が縦長の中洲のようになっていました。中央部には広い畑のような砂場があり、イタドリなどもたくさん生い茂っていました。

私が小学三年生の頃（一九四八年）、戦争から九死に一生を得て生還した兄は青年団長でした。大仕事の神社の祭りに必要な、青年団が飲む酒の算段に兄は困っていました（酒も煙草も配給制）。青年団総出でこの河原の砂場を耕して一斉にサツマイモを栽培し、大量の芋焼酎を作ってしのぐことになりました。

大勢の青年団員が我が家へ集まり賑やかなものでした。サツマイモの仕込みから蒸留までの工程を今でも鮮明に記憶しています。その頃はメチルアルコールで作った違法な闇焼酎を飲み失明した人が珍しくありませんでした。安全な芋焼酎はあちこちの家でも作っていましたが、格別問題にはならなかったようです。警察も税務署も大目にみていたのでしょう。

今、こんなに豊かな河原は全国どこを探しても皆無です。広さはおよそ流れに沿った縦一五〇メートル、横一〇〇メートルはあったと思います。近くの対岸に、支流の船谷と本流の合流部にはこの何倍もの広さの河原があり、一九六〇年頃にその一部を埋立てて造成したグラウンドは、今でも野球やテニスなどに使われています。

このような広い河原は那賀川上流部の至る所にあり、格別珍しいものではありませんでした。国交省の統計によると、すべて巨大ダムや砂防ダムなどで埋め尽くされていますが、二〇一七年現在で国内には約一万二千の大小の川が残っています。私が子どもの頃のような豊かな河原が、この全国の川には何千万箇所もあったと推測されます。

ところがこれまで何回も書いてきました通り、全国的に多発している「拡大造林後の山林崩壊」により、全国の川の豊かな流れや広い河原は壊滅してしまいました。川は単なる水路と化し、わずかに残っていた河原も崩壊土砂の過大流入で雑木雑草の藪に覆われています。これが「拡大造林」で死んだ全国の川の惨憺たる現状です。

堰干《せきぼ》し

智和は私より四歳年上、計治は二歳年上、延三は私より一歳年下、この三人は兄弟で、私の従兄弟です。私より一歳年上の武夫も従兄弟で、私より二歳年下の昭夫は、武夫の隣の末っ子で八男坊でした。私を入れてこの六人は大城集落の子どもでとても仲が良く、最近問題のいじめなどの記憶はありません。

智和は特に温厚な兄といったところで、釣りや小鳥の捕り方などを懇切に教えてもらったり、木の実やキノコ取りにいつも連れて行ってくれました。川や山へ行くのもこの六人で、智和が今でいうインストラクターに決まっていました。智和は二人の弟がつきまとっていても、私など三人と分け隔てなく差配するので、子ども心にも智和を信用し安心して遊んでおりました。

思い出深いのは堰干しです。堰干しは河原を流れている小さな流れを堰き止めて、その流れを本流へ流し干上がった堰より下流の魚を捕る遊びです。まだ泳ぐには寒い四月か五月頃に、川の水量や天候から、智和が最適と判断して日を決め「堰干しをやらんか」と一同を集めます。

草刈り鎌、鍬、ドロミ、ショウレンなど道具一式をそれぞれの家から駆り集め、六人が干し芋（当時の子どもは弁当代わりに持ち歩いていた。今の市販品ほど美味しくはない）を懐に「大城の前」へ集合です。河原を掘り起こして本流への水路を作る者、堰と水路から水が漏れないように石の隙間へ詰める草を刈り集める役など、それぞれの適任者を智和が決めます。

智和は近くの竹藪から竹を伐り出し、この竹を編んで簗《やな》に使う簀子《すのこ》を作る大人でもむずかしい作業の担当です。この簀子を三角形の頂点のように狭くなった部分へ仕掛けると、簗の完成です。上流から逃げてきた魚を、自然にこの簗へ落とし込むのです。

上流部の堰と水路も完成して、堰と堰の間の流れがどんどん干上がって行く時が、今か今かと待遠しく胸が躍る時です。六人は競争するように石をひっくり返しましたが、一同がザルなどに入れて持ち寄った獲物は数センチのアメゴの当才子《とうさいご》、角魚《ぎぎ》（口ひげと背中に鋭いトゲがあり、刺されると血が止まりにくい。ウナギに似て美味しい）、箸ほど大のウナギ、モツゴ（川ムツ）、ハイゴ（ハエ）の類で、ほとんどが五センチ前後のジンゾク（ゴリ・ハゼ）でした。

大物はいつの間に逃げてしまったのか、毎回のように水溜まりや干上がった石の下に残っていたのは雑魚ばかりでした。大きなアメゴが掛かると期待していた簗には、十センチほどのアユカケ（大型のゴリのような魚）が数匹丸くなっているだけでした。

智和が獲物を大きな籠に移し、干し芋をかじりながらみんなに公平に分けました。一匹余った十五センチほどの大きな角魚は、一番年下の昭夫にやることにしました。昭夫は堰の作業が始まった直後に、足をすべらせてずぶ濡れになり、足中《あしなか》（稲わらで自作の草履）も流して失い泣いてばかりでした。昭夫の家は食べ物が不足して、親が私の家へ手伝いに時々来ていましたので、私は余分の干し芋二十個ほどを昭夫に渡すと、やっと泣きやみました。

この日からいつの間にか七十年も過ぎましたが、今は大阪で商売をしているという昭夫が裸足で「大城の前」から家へ帰って行く姿を、つい昨日のように思い出す時があります。

雉《きじ》の雛《ひな》

一九四六年、敗戦の翌年小学一年生の頃、何をしに行ったのかは忘れましたが、家から一キロほど上がった里山「イヤガシキ」での出来事です。従兄弟の智和と二人で藪漕《やぶこ》ぎをしていると、突然雉の親鳥がバタバタと走り出て、雉の雛があちこちへ逃げて見えなくなりました。二人はとっさに棒切れをつかんで逃げている親鳥を全力で追いかけました。

なぜか親鳥は飛ばずに二メートルほどの間隔で逃げ、もう少しで叩ける、もう少しで叩けると追いかけましたが、近くを流れている大明地谷へ落ち込むようになっている急峻な藪の中へ逃げ込み見失ってしまいました。「石をぶつけたら捕れとったぞ」と智和がとても残念がりました。

親鳥が飛ばなかったのは、親鳥が傷を負ったふり（飛ばずにゆっくり逃げる）をして外敵から雛を護るための、「擬傷」という本能行動の一種であることは中学生頃になってから知りましたが、当時でも飛ばないのはおかしいぞ、雛を護るためかも知れないとは、うすうす気がついていました。

智和は当然そのことは知っており「親は戻って来るぞ」と、雛の逃げ込んだ藪の付近へ二人で引き返しました。「じっとしておれよ。動いたらあかんぞ」と、智和が言うので、柘植の灌木の下へ潜り込むようにして座っていましたが、やぶ蚊が一斉に襲ってきます。再度「叩いたらあかんぞ」と、注意され蚊に刺され放題で息を殺していました。しばらく待っていると、親鳥がクックク、クックと、雛を呼ぶような声を出しながら、のそのそとやってきました。やがてチッチチ、チッチとスズメ大の雛が親鳥の周りへ集まってきました。

今度こそと二人で一斉に雛を追いかけましたが、すばしっこいこと鶏の雛とは比べようもありません。あっという間に逃げて隠れてしまいました。やっと智和が一羽だけ捕まえただけでした。

これを私がもらって帰り、餌付けをしてみようとメジロを飼う籠に入れましたが、暴れるだけでどうにもなりません。これでは死んでしまうと思って、ちょうど鶏が雛を育てている最中でもあり、子どもの浅はかさでひょっとしたら鶏の雛といっしょに育つかも知れないと、鶏小屋の中へ放してやりました。

ところが、鶏小屋の隅の小さな隙間からすぐ逃げ出して、どこへ隠れたかわからなくなりました。鶏小屋の下にある野菜畑へ逃げ込んだに違いないと、大根やキャベツの間を棒でつきながら探しても見つかりません。石垣の石の隙間に潜んでいるかも知れないと、近くを隈なく覗いたり棒で石を叩いたりしてみましたが、何の効果もなく諦めました。

小鳥の卵

これに類する当時の子どもの遊びでは、小鳥の巣を見つけるのもおもしろいものでした。スズメ（ホウジロ）などの小鳥は、人間に簡単に見つかるような場所へは巣を作りませんので、探しても見つかることは滅多にありません。それでも、草刈りなどの手伝いで毎日のように出かける畑の近くの藪では、注意していると見つかることもありました。

親鳥が虫をくわえて木に止まっているのを、同じような場所で何回か見かけたら、しめたものです。親鳥は人の気配がすると警戒して、真っ直ぐに巣のある場所へは降りて行きませんが、その付近の藪を掻き分けて入念に探していると、雨の当たりにくいちょっとした木の葉の下などに巣があるものです。枯れ草の模様のようなスズメの卵を二個失敬したことがあります。

セキレイの巣でも雛に孵《かえ》るかも知れないと思ったからです。家の屋根に上がるとセキレイの巣はすぐに見つかったものです。私が育った当時の那賀川上流の家は、屋根を杉皮で葺《ふ》いていました。杉皮が剥がれないように、大人の頭の二倍ほどの大きさの石を屋根にたくさん並べてあり、この石と抑え木の隙間がセキレイの巣と決まっているようなものでした。早速このセキレイの巣へスズメの卵を入れてみました。翌朝、楽しみにしていたセキレイの巣を覗いてみると、スズメの卵は二個とも巣の外へ出してあり巣にはピンク色に似たセキレイの卵だけでした。何回かスズメの卵を巣に戻してみましたが、セキレイがスズメの卵を抱くことはありませんでした。

カッコウなどの托卵《たくらん》は有名ですが、子どもにそんな知識があるわけはありません。本によるとスズメも托卵するとあります。詳しくは知りませんが、小鳥といっても、見た目にも習性なども、余りにもかけ離れているスズメとセキレイでは無理のようでした。これも子どもの浅はかさだったと、当時を思い出すとつくづくおかしくなります。

みなさんは「小鳥を捕るなど、とんでもない」と思われるかもしれません。しかし、当時の農村は家の周りに、イタクラ（スズメ）メジロ、ヒンカタ（ジョウビタキ）、ヤマガラ、ヒヨドリ、ガシドリ（カケス）、キジバトなどが群がっているのがごく普通の光景でした。冬には数万羽のユキドリ（ムクドリ）が、空が暗くなるほどの大群で飛ぶことも珍しくありませんでした。今は法的、常識的に小鳥やその卵を取ったりすることは許されませんが、私の子どもの頃の自然がとても豊かだった時代の話としてご理解下さい。

危険な遊び

子どもの頃を思い出すと、随分危険な遊びをしていました。よく生きていたものだと今さらながら胸を撫でおろす時があります。その中でも「木移り」が特に危険だったと思います。当時の遊び仲間は全員が木登りなどは日常茶飯事で、太くて高い木でも難なくてっぺんまで登っていました。

「木移り」は杉などの枝打ち作業の効率化のために、枝を打ち終わった木から次の木へ、木の上で直接移る技能があります。これは長年訓練された大人が安全に移るもので、似てはいますが子どもの危険な遊びの「木移り」とは別物です。

楓《かえで》などのなるべく幹や枝がたわみやすい軟らかい木を見つけます。木の高さは十メートル前後、幹は根元が直径約二十五センチの木を選び、これに似た木が枝と枝が少し絡み合うほどの距離に生えていると最適です。この木の幹を上へ上へと登って行き、細くなった幹が身体の重みでたわみ折れそうになった瞬間に、隣の木へ飛び移る、というのが「木移り」です。放した木は反動で跳ね返りますので、枝に着ている服などがひっかかっていると、移る木へ手が届かず真っ逆さまに転落してしまいます。幸い下の枝に何とかつかまって落ちたことはありませんでした。今は死語となっている「ターザンやるか」が友人と「木移り」に山へ行く暗号のようなものでした。当時は周りの子どもはまさに「ターザン」で、今の子どもとは比べようもありません。

最近流行の「ロッククライミング」をテレビで観ると命綱をつけてやっているようです。当時の「ターザン」たちは命綱など聞いたこともなく、裸足と素手でもっと危険な「ロッククライミング」をやっていましたが、幸い誰も転落したことはありませんでした。転落したら大変なことになると知っていたからおもしろかったのかも知れません。

　このくせは今も治らず、ヤマメの渓流釣りに行った時、滝や砂防ダムで行き止まりとなると、安全な回り道は面倒くさいので、フェルト底の重い長靴で危険極まりない「ロッククライミング」で近道をしてしまいます。渓流釣りで何人かが命を落としたニュースが毎年報じられています。釣り仲間と最近は「もうお互いに歳だから危険な近道はやめよう」と言っているところです。

　川が濁流になった夏の大雨後に、ある程度水量が減ってきたのを見計らって友人と川へ走ったものです。大水から数日後で、まだ水は薄茶色に濁っていてとても冷たく、水流は大きくてものすごく速く、この上なく危険でまだまだ泳げるような川ではありません。それでも「月の瀬の前」という、下流が少し淵になっている瀬の上流の、突き出た岩の上からよく飛び込んでいました。流れの中央部の急流の少し手前へ飛び込み、流れに乗って泳ぎうまく淵へ回り込むのです。淵の渦巻きまで何とか泳ぎ着き、岸へ這い上がるまでの二、三十秒間は誰も顔が青ざめていました。淵より下流へ流されるとおしまいだからです。

ハチとアブ

私が子どもの頃春から秋にかけては、ハチの巣を見かけない日はなく、ハチの巣だらけでした。どのハチも巣を刺激しない限り人を襲うことはありません。シバツケは体調一、五センチほどの小さいハチで黒と黄色の二種類いました。杉の下草刈りで毎日のように刺されたのはこのハチです。

アシナガバチは今でも我が家の軒下に巣が数箇所ありますが、どこでもよく見かけるハチだと思います。イロツケはアシナガバチに似ていて、腰の部分と巣の一部が黄色なのでこう呼んでいましたが、刺されるとアシナガバチより痛いハチです。

オオムコバチは赤黒く手の親指大の大きなハチで、ブーンと大きな音で飛び、杉林などに徳利を逆さまにしたような巣を作っていました。人を刺すときは皮膚を噛み破ってから刺すと言われる恐ろしいハチです。ところが、人を追いかけることは少なく、鷹揚で滅多に刺される心配はないハチでした。

コムコバチはスズメバチより少し大きく、オオムコによく似たハチです。ミツバチはケヤキの洞などで巣を見つけて、毎年秋にはハチミツを採っていました。ジミツと呼んでいた黒いミツバチは畑の岸などの地中に巣を作っていましたが、蜜を採った記憶はありません。

最近も刺されて死亡などのニュースを聞く、シシバチと呼んでいた最も恐ろしいのがスズメバチです。巣には小指の先ほどの蜂の子がぎっしり詰まっていて、炒って食べるととても美味しいのですが、巣のほとんどはとても高い場所にあり、刺されないで採るのは至難のことでした。巣に石を投げ付けて逃げていて膝の後ろを刺され、一週間ほど膝が曲がらなくなったこともありました。一度でも巣を突っつくと、どこまででも追いかけてくる執念深いハチです。

ハチ以上に苦しめられたのが、テジロアブです。このアブはミツバチ大の大きさで、山でも川でも至る所にいて数がものすごく多く集団で襲ってきます。雨の日や朝夕には特に黒い衣服と話声などの音に敏感で、襲われると息苦しくなるほどです。川に潜って魚を追いかけていると、その上の水面で数千匹の集団が、水の中の人間の動きに合わせて旋回しながら移動し、水から上がるとドーッと襲いかかってきます。食われた跡がジンマシンのように、全身がブツブツだらけになったものです。七月下旬から八月頃が特にひどく、台風後にはこのアブはほとんどいなくなります。

日本熊森協会

今はどこを見ても金儲けの世の中ですが、荒れ果てたスギ林などをクマの棲める森に復元しているのが、日本熊森協会です。本来は人間に全く危害を加えないクマを、絶滅寸前から救いたいと寄付金とボランティアなどで、二十年以上も広葉樹の森作りに邁進している団体はほかにはどこにもありません。

以下、初代会長・森山まり子さんにお聞きしました。

――いつ誰が始めたのですか？

一九九七年に、尼崎市立武庫東中学校で理科教師をしていた私が立ち上げました。

――きっかけは何だったのですか

一九九二年に「動物の世界」という授業の自主勉強で、ある女生徒が新聞記事に作文を添えて提出したのがきっかけです。記事の見出しは「オラ、こんな山嫌だ雑木林消え腹ペコ、眠れぬ真冬なのに里へ…射殺ツキノワグマ環境破壊に悲鳴」とあり、痩せてガリガリのクマが射殺され、両側にはクマを持ち上げる笑顔のハンターの写真が載っていました。女生徒の作文にはクマがかわいそうだという、真剣な想いが綴られていたのです。

この記事で私は深い衝撃を受けました。日本の奥山の広大な部分が戦後の拡大造林という国策で、延々と続く緑の山脈でも、スギやヒノキなどの針葉樹の人工林に激変していたのです。「森を消した文明はすべて滅びている」のは私も知っていました。しかし、日本列島にはまだ多くの森が残っている。日本文明は当分大丈夫だと思って、私はいつも安心していたのに、あの緑は人工林の緑だったのか！

人工林にする前の日本の奥地の森は、クマなどの野生鳥獣の宝庫で、いろんな種類の動物たちが、暮らしていました。多くの木々の、花、葉、実、食料も豊富にありました。ところがスギやヒノキの植林がどんどんと行われたため、野生動物たちは、ねぐらと、えさ場がなくなりました。ねぐらを失ったのは樹洞《うろ》のある巨木が伐られたためです。えさ場を失ったのは、スギやヒノキは、葉が食べられないし、クマなどの動物の餌となる実もならないからです。そのためクマなどの動物たちは空腹に耐えかねて、山から次々と人里へと下りざるを得なくなったのです。

この記事が載った後、生徒たちから「先生クマを守れという人、現れた?」と聞かれて私は返事に困り、だんだんと追い詰められていました。そこで、私は二人の理科教師と「野生のツキノワグマを守る会」を作りました。新聞記事を読んで胸を痛めていた生徒からこの会へ入りたいと希望者が殺到しましたが、生徒を入れると扇動したとの批判があると思い、「先生たちだけがするから」と断りました。すると「野生動物に山を返そうの会」「ツキノワグマよみがえれの会」「熊の会」など、武庫東中学校に十六ものクマの保護団体ができたのです。「絶滅寸前兵庫県ツキノワグマ捕獲禁止緊急要請」という署名文を理科教師たちで作り署名集めを始めました。生徒たちも街頭署名や個別訪問などで熱心に協力してくれ、県内の市町村役場や兵庫県、大阪営林局などへ幅広くクマを守るための働きかけを続けました。

その結果、兵庫県の猟友会が「兵庫県ツキノワグマ、絶滅の恐れにつき狩猟を自粛します」との新聞発表。さらに生徒たちは当時の貝原俊民兵庫県知事に手紙で訴え、私も生徒たちと共に知事に面会し「絶滅寸前の兵庫県野生ツキノワグマは絶対に残さねばならない」と、県の取り組みを確約されました。広葉樹を伐って杉を植える植樹祭についても、新聞発表は「兵庫県貝原知事、全国植樹祭の計画を白紙撤回。植樹祭に植えるのは二十六種類の広葉樹、両陛下のお手植えも広葉樹」と、本当に早い対応でした。

私はその後、一人で全国を回って、理科教師の名にかけてクマを守るため、奥地の聞き取り調査などを続けた結果、「何よりも自然保護大国でなければ、二十一世紀、この国は生き残れない」と、はっきり確信を持つようになりました。

そこで私は一九九六年に、何人かの学者などと企画し、兵庫県のクマ生息地で初集会を開く直前に、クマ問題を利用して利益を狙う人たちに会を乗っ取られ、私たちは深く傷つきました。悶々としていたとき、当時読売新聞解説部次長の岡島成行著の『アメリカの環境保護運動』（岩波新書）を読み、私は目から鱗が落ちました。欧米では数十万人から一〇〇万人規模の、大きな自然保護団体の大活躍を知り、進むべき道を見出したのです。だれもやらないのなら私たちがと、日本初の自然保護の大団体を作ったのです。

——その後の活動などについてお話しください

おかげ様で会員は全国的に一七〇〇〇人と拡大し、東京、山梨、群馬、和歌山、京都、福岡など二十二の支部ができました。それぞれ購入したトラスト地の山林の手入れ、クマの保護と調査などの活動を続けています。本部では毎年四月に大会を開き活動報告、研究発表、各支部の取り組みの発表など。会報「くまもり通信」の発行、講演会も年に数回開いています。

今年は高知県のクマが棲んでいる熊森トラスト地二十二ヘクタールで、ヒノキ人工林の切り捨て伐採を実施中です。昨年の大会で私が会長を引退し、前記の中学生だった室谷悠子弁護士が会長になり、会員一〇〇万人を目指して日夜奔走中です。今年一月の国会では、森林環境税法案等の審議の際、強力なロビー活動を繰り返し、人工林を天然林に戻すことに使えるとする付帯決議を勝ち取りました。

（一般財団法人日本熊森協会ホームページをご参照下さい）

第五章 NTT職員から村長への道

高校卒業後は郵便職員に

私は一九五八年に徳島県立徳島農業高校を卒業して、家の農林業を手伝っていました。高校の三年間は当時としては過分の月に一万円ほどの仕送りがありましたが、寮から帰って家の仕事をしても、自分が自由に使えるお金はもらえませんでした。公務員の資格を取り運よく地元の北川郵便局に採用され、半分は公務員、半分は農林業という生活が始まったのです。最初は郵便外務員で郵便配達と保険の募集などを担当しました。保険の勧誘に行くと「戦前に山を売って高額の保険に入り、一生安泰だと思っていたら、戦争に負けてインフレになり保険証書は紙切れ同然になった。保険はこりごりだ」と叱られたり、「ハンコを置き忘れたので加入承諾書には明日印を押す」と言われ、翌日行くとキャンセルになったりで、成績はさっぱりでした。

その頃の北川郵便局は呑気なもので、勤務時間は午前八時から午後五時までと決まっていても、半日勤務の土曜日には早朝の六時か七頃に配達に出発して、午前十時頃にはすべての配達を終えて、山へ仕事に行くという調子でした。

当時は林道などがなく、途中から自転車を置いて、十キロ前後は狭い急峻な坂道を歩いて配達する地区も多くありました。夏には配達の途中で赤い自転車と共に水中眼鏡などを藪の中へ隠して置いて、昼前に配達が終わると川へ直行してアメゴ（ヤマメ）を突いたこともありました。

私の初任給は月額七九〇〇円でしたが、好景気だった林業従事者で、杉を請負で伐り出していた腕の切れた友人の収入は、一日に約五〇〇〇円でした。この友人と酒を飲むと「あなたが一円（当時の新聞の郵便料金は一円）で新聞を配達している間に、私は五〇〇〇円も稼いでいる」と、いつも冷やかされたものでした。

こんな外勤の仕事も二年ほどで、朝八時から翌朝の八時までの二十四時間勤務もある内勤に異動しました。昼間は窓口で書留郵便や小包の引き受け、ほかの郵便局へ送る郵便物の仕分けなどの仕事で、夜八時に夜勤の人と交代して翌朝まで一人で電話の交換と、まさに二十四時間休み無しの勤務でした。労働協約では最低でも四時間以上の休憩時間はあったと思われます。職場には全逓信労働組合（全逓）と全郵政労働組合（全郵政）の二つの労働組合がありましたが、家族的で何事も問題にはせず和気あいあいといった風潮でした。

天国から地獄へ

一九六五年、こんな天国から海辺の牟岐《むぎ》郵便局（徳島県牟岐町）に転勤して、複式の電話交換手という地獄（不慣れな男性には）へ直行しました。二十人の電話交換手はすべて女性で、男性は私一人でした。プレストというイヤホンとマイクを頭に被り、電話交換台に着席すると一秒も手が抜けない過酷な毎日で、環境と仕事の激変のストレスか、二か月ほどで原因不明の虹彩炎という目の難病にかかりました。

約一年後に郵便係に異動しましたが、慣れる間もなく六日ごとに回ってくる夜勤や十六時間勤務（宿直）の六輪番制に組み込まれました。一番の苦労は一人で宿直時の電報受信でした。見たこともない和文タイプライターの受信で、職場訓練など全くなく、自分で本を買って紙に描かれたタイプライターの絵を指で押しながら、タイプの練習を家でもやりました。

しかし電報は連続して二十通以上も受けなければならない時もあり、絵の練習などの効果は追いつかず、とりあえず北川郵便局でやっていたように用紙に手書きで受け、これをタイプライターで打ち直す以外に方法はありませんでした。普通の電報は別にして、問題は銀行へ来る長い照合電報でした。これは為替送金の暗号電報で間違いのないように、同じ電報を二通受けて照合するようになっていました。普通の電報のように、文面から間違いに気づくことは不可能ですから、手書きの紙から打ち直す時に一字でも間違えると大変なことになります。幸い一回も間違えることもなく、この難局も何とか切り抜けることができました。

当時の牟岐郵便局は二階建ての相当古い建物だったので、局舎を新築することになりました。都会の大きな郵便局が普通郵便局で、小さな郵便局はほとんど特定郵便局です。牟岐郵便局は職員が約五十人で、かなり大きな郵便局でしたが、局舎は局長個人所有の特定郵便局でした。

局舎公営が全逓の運動方針でもあり、職場では局長と二人の局長代理を除いて全員が全逓組合員で、当然に局舎公営を局長に申し入れました。ところが、局長がこれを拒否したため局舎闘争が始まりました。最初はこの闘争の意義などを町民にも広く理解してもらうために、町内の署名活動から始めました。私は住所が隣町の日和佐町（現徳島県美波町）で、転勤から日も浅く署名してもらう人もいませんでした。そこで、毎日のように本を買っていた、駅前の本屋の奥さんに署名をお願いしたところ「局長とは親戚だからそんな署名はできない」と断られました。

この闘争は対立が続き、勤務時間を過ぎても完全に配達を済ませたり、夜間にも自主的にやっていた保険の勧誘なども、すべて勤務時間以外の余分な仕事は一切協力しないという、順法闘争で追い込みました。さらに、局長以下の管理者とは、仕事での必要最低限の話以外は絶対にしないという、無言闘争も長期に闘いました。郵政当局からも攻撃がありましたが、何とか局舎公営を勝ち取ることができました。

電電公社（現ＮＴＴ）へ転身

手動の電話交換と電報の仕事は、電電公社（現ＮＴＴ）から郵便局へ委託されていた仕事で、一九七〇年に牟岐電報電話局が開局され、私は郵政省を退職して電電公社に入社しました。いわゆる電電合理化で、その地区の電話がダイヤル式になり自動化されたのです。

当時の牟岐電報電話局の職員は約一〇〇人でした。私と同じように周辺の郵便局から入社した人はほとんどが電話交換手だった女性で、男性は私を含め十人ほどでした。郵便局の電話交換の仕事は、全く無くなるので女性は全員が転職しました。男性は本来の郵便局の仕事と兼務でしたので、牟岐郵便局では転職は希望者のみとなっていましたが、同僚で公社へ転職したのは私一人だけでした。

私はいつも同じ顔触れで同じ仕事の繰り返しより、駅前の大きなビルでの新しい仕事が非常に魅力的でした。同年七月、業務課の電話営業係で、受付窓口と兼務に配属されました。冷暖房完備の一階の明るい事務室の各職員のすべての机の上には、電話機とワルサーというドイツ製計算機が置かれていました。

薄暗い郵便局でほこりと汗にまみれて小包の仕分をしながら、ソロバンをはじいていたのとは雲泥の差でした。郵政では約四万円だった一か月の賃金も入社と同時に約七〇〇〇円も上がり、いいことづくめだと喜んだのも束の間で、厳しい仕事が待っていました。

新しく電話を引く新規加入の受付、電話の移転や増設の受付、公衆電話の巡回集金、電話で問い合わせや苦情の処理、通信部という上部機関への各種報告、証券会社や銀行へ払い込まれた電話債券の集計と報告、電話料金請求書の再発行などと、自分が担当した仕事はすべて証拠書類を揃えて、帳簿や現金出納簿に記入し、その日のうちに課長に報告しなければならず大変でした。牟岐地区は政治的な事情で自動化が遅れたため、電話の架設を申し込んでも開通が数年先という、いわゆる積滞が非常に多くありました。入社から数年間はこの積滞を解消する、新しい電話の架設の仕事にも追われました。

昼間はほかの仕事が目白押しですから、五時に窓口を閉めてから毎日午後九時頃まで時間外勤務でこの仕事をこなしました。当時の電話の開通には、その電話を電話交換機のどの部分に割り当て、どの電話ケーブルに繋ぐかなどを決める監査部門、実際に工事をする機械部門、電柱を建て電話線を引き電話機を取り付ける線路宅内部門など、大きく分けて約十種類の作業が必要でした。私が担当の営業係はこの約十の仕事を各部門が連携して作業ができるように、サービスオーダーという書類を作成して、工事（作業）予定日の遅くとも数日前には各部門へ配布しなければなりません。そのほかにも私は最も重要な収納の仕事を一人で担当していました。

当時の牟岐局の収入は九十％がダイヤル通話料金の電話営業収入で一か月の合計は約四億円でした。この約四億円の内訳は各個人や会社へハガキで送っていた約一万枚の請求書兼払込票の合計です。これを電話番号別に請求内訳を集計した一覧表が総括表です。これは、横約四十センチ、縦約八十センチ、厚い用紙約二〇〇枚綴りの超大型帳簿で、どの電話局でも最も重要な帳簿でした。

電話料金は自局の窓口と、銀行、郵便局、農協、漁協などの窓口と銀行自動払いが主な払込先でした。この払込先から毎日到着する数百枚の払込票の金額を計算して、まず未収金収納整理表と、名称は忘れましたが他の二冊の帳簿にも別の計算方法で集計し、計三冊の帳簿に記入していました。最後にその日に集計した数百枚の払込票を、一枚ずつ総括表にある同じ電話番号の欄の金額と突合《とつごう》しながら、両方へ当日の日付印を押す「消し込み」という作業が必須でした。

この「消し込み」は、最も慎重を要する作業で、うっかり間違って払込票と総括表の異なる電話番号を消し込むと後述のように大変なことになるのでした。一日、十日、月末の、十日ごとの旬計の集計と同時に、毎回前記の総括表、未収金収納整理表など四冊の帳簿の金額を突合し合致を確認して、会計部門と上部機関へ報告が義務付けられていました。もし一円でも集計の金額が合わず、他の帳簿に誤りがない場合は「消し込み」の誤りではないかと、十日間に消し込んだ約三〇〇〇枚の払込票を、再度一枚ずつ総括表の電話番号別の欄と突合して再計算する以外に誤りを発見する方法はありません。しかし、ルーチンワークで毎日が手一杯ですから、そんな時間はありません。

頑張りすぎて入院

総括表は局外持ち出し禁止ですから、家へ持ち帰って再点検することもできず、日曜日などの休みの日にこっそり出勤して、計算機を終日一人で叩き続けた苦い経験を何回もしました。最悪は月末まで「消し込み」誤りに気づかず、約一万枚の払込票と総括表の再突合でした。会計部門や課長などから「未収金は合ったか」と催促はされるし、気になり寝られない日が続くこともありました。

電話料金の払込み期日が近づくと、電話や訪問で払込みの督促も重要な仕事でした。毎月約一万枚のすべての請求書の金額が、最終払込み期日までにすべて収納されると収納率一〇〇％達成となります。これは至難のことですが、私はこの一〇〇％を毎月達成していました。徳島県内には当時、電話局など十四の事業所がありましたが、この一〇〇％を毎月達成している事業所はほとんどありませんでした。

頑張り過ぎたためか、転職から約一年後に虹彩炎が再発して入院する羽目になりました。虹彩炎での入院は長引き、やっと退院したのは入院から約三か月後の一九七一年十二月末でした。多忙な仕事の寸暇を惜しんで英語や数学の勉強をして、管理職への登竜門でもある電気通信学園専門部の受験を目指していたのです。しかし入院でこの年の受験はできませんでした。共に勉強していた五人のうち三人が難関の同学園大学部に合格していたのには感心しました。私も続けて専門部を目指したいと思っていましたが、虹彩炎も全快しておらず、毎日の仕事に追われるのが精一杯で受験勉強は進みませんでした。

社会的に価値ある労働運動へ

同じ職場で仕事を続けていた翌年の一九七二年十月、全国電気通信労働組合（全電通・現NTT労組）牟岐分会の書記長に就任しました。七十年代の全電通の基本方針は「社会的に価値ある労働運動」で、多くの労働組合とは一線を画していました。その一環としてほとんど例がなかった「特別養護老人ホーム」を組合員の拠出金で京阪神地区などに設立しているほどです。今でも神戸市の「アイハート須磨」などの施設は、多くのお年寄りに好評で運営されています。私も時々NTT退職者の会の仲間などと共に、お年寄りの将棋の相手に、ボランティアで「アイハート須磨」へ出かけています。

当時、全電通の組合員数は約二十九万人で、組織率はほぼ一〇〇%でした。つまり、全職場の職員がほぼ全電通に加入していたことになります。全電通の組織は四段階で東京に本部があり、関東、信越、北陸、東海、近畿、中国、四国、九州に地方本部、各県に支部、電話局などの事業所に分会、となっていました。支部以上は専従役員がおり、分会の役員は現場の職員が兼ねていました。

分会の組合活動時間は年間に二十日の有給休暇と、土日祝日などの休暇を通常は拠出していました。しかし、二十日の有給休暇をすべて組合活動に拠出するのは酷なので、原則十日を拠出しても足りない活動家は、上部機関が認めた場合のみ組合休暇（賃金カットで、その額は組合から）で組合活動をしていました。実態は二時間単位の有給休暇十日、土日の週休、祝日などで年間に約九十日間組合活動が可能なので、長期の選挙専従や伊豆稲取の全電通労働学校へ行く以外に、分会の役員などが組合休暇を取ることはあまりありませんでした。

労働運動は憲法二十五条、二十八条から

牟岐分会は組合員が約九十人で、役員は分会長一名、書記長一名、執行委員二名、婦人部長一名、青年部長一名となっていました。今では考えられないほど当時の全電通は労働組合としての力があり、分会長は局長と、書記長は庶務課長、執行委員は他の各課長と対等であり、管理者などの人事を除き現場の仕事、各種会議、行事などほとんどを分会と協議していました。

当時、すべての分会の大問題は要員と合理化でした。要員とは、どんどん新規加入電話が増加している時代で、どの職場でも増える仕事量に職員の数が足りず、時間外勤務、臨時雇いの職員や他局からの応援が常態化していました。合理化は逆に電子交換機の導入や、事務処理のコンピューター化などで、電電公社が多数の職員の削減や遠隔地などへの配置転換を画策していることでした。

全国的な闘争は、主に三月頃の春季闘争（春闘）と秋の十月頃の秋季闘争（秋闘）です。春闘は中央本部が電電公社に定期昇給を含む月額賃金を上げる要求、六月のボーナスの増額要求などを重点にした要求貫徹に向けて、全国の地方本部、支部、分会が一丸となって本部指令などにより活動に取り組んでいました。

強大な電電公社に対し、労働者が単独での対決は不可能です。そのため労働者は団結しなければならず、労働者の団結権は憲法二十八条で「労働者の団結する権利及び団体交渉その他の団体行動をする権利は、これを保障する」と規定されています。これは、憲法二十五条のすべての国民（市民）の生存権と、国の生存権保障義務を基本理念として、身分的、経済的に劣位な労働者の実質的な自由と平等を確保するための、いわゆる労働基本権を保障したものであることは言うまでもありません。

春闘と秋闘は毎年のように簡単には要求が通らず、最終的には本部の指令により地方本部が決定した分会が拠点ストライキを構えた戦いに突入します。このストライキに備えて、全職場の全分会で闘争の初めにストライキ一票投票（一票投票）を実施します。これは全分会員に投票用紙を配布し、ストライキに賛成か反対かを記入、秘密厳守で分会の選挙管理委員会が立合い、投票箱に投函します。

このストライキ一票投票の前に分会役員は、昼休みや、勤務が終わった五時十分以降に何回も職場集会を開いて、要求の内容、中央情勢、職場闘争への一層の参画、質疑討論などを実施し、納得して一票投票に賛成票を投じるように促します。

分会のストライキ一票投票は単にストライキに賛成か反対かだけでなく、分会役員への組合員からの信頼度のバロメーターでもありました。分会役員がよくまとまり真面目に活動していれば、組合員からの信頼度が高くなるのは当然です。私は牟岐分会の書記長として、毎日できる限り熱心に活動をしていましたので、幸いストライキ一票投票は毎回一〇〇％でした。年配の組合員のなかには「一〇〇％だと分会が拠点ストに当てられるのが心配だ。活動は程々にしてはどうか」と言う人もいました。

書記長は休む暇なし

分会書記長は春闘などには一要求（組合が公社へ要求したいもの。例えば、〇〇係りの増員要求。図書室の書籍を多くしてほしい、など何でも）を取りまとめて要求書の作成と提出。公社側との団体交渉（職場交渉）の責任者として交渉などを仕切る。交渉がある程度煮詰まると公社側と記録書の作成を始めるなど、勤務が終わっても休む暇はありません。春闘が始まると毎日のように職場集会を開き、中央本部の賃金交渉の現状。電気通信労連、他の公労協や電気労連、私鉄など闘いの報告、これからの分会の闘い方の意見集約等々、集会の内容は毎回盛りだくさんでした。

　午後六時過ぎに集会が終わると、分会の役員と全組合員で町内へチラシの配布に出かけます。チラシは最近の政治情勢などが主な内容で、全電通が支持している政党の機関紙、上部機関や分会が独自に作成したチラシなど臨機応変に配布していました。書記長の私も組合員と共に毎回チラシ配布に出ていました。組合員のノルマが五十枚なら私は一〇〇枚と二倍、配布地域もなるべく遠くを受け持つようにしていました。とにかく分会役員は分会員の信頼が無ければ、公社側からも軽く見られます。そのため私は組合員の最低でも二倍以上を動くように心がけていました。

　組合員を含めたその日の活動が終わると、午後八時頃から職場新聞の発行です。新聞はほとんどの役員と当番の編集委員の数人で取り掛かります。中央情勢などのトップ記事は書記長、コラムはあらかじめ組合員から募集、漫画は漫画が得意な人を編集委員に選んでいるのでその委員が描く、と職場新聞も全員参加で取り組んでいました。

　A3用紙に五段組のガリ版刷り（謄写版印刷）で仕上げるのですから、分会のとても重要な大仕事でした。今は死語となっているガリ版刷りは、上質の薄い紙に蝋（ローソクの原料と同じような）を薄く塗った硫酸紙と呼ばれていた原紙を、専用の平たいヤスリの上に乗せて鉄筆で文字や絵を描いて（原紙を切る）原紙を仕上げます。これを謄写版という手動の印刷機にかけてローラーで一枚ずつ刷って仕上げます。説明は簡単ですが、当時はガリ切り専門の職人がいたほどで、三ミリ～五ミリの正方形の中へ、活字の字体で書くガリ切り独特の技術が必要で至難の作業でした。特に見出しなどの大きな太い字を切るのは「潰し三年」と言われ、すぐ原紙を破ってしまいますので初心者には無理でした。

きれいに仕上げたと思っても、切り方が弱く文字がはっきりと刷れなかったり、反対に強く切り過ぎてインクが出過ぎて紙面が真っ黒になり、また新しい原紙からやり直しということが珍しくありませんでした。こんな調子ですから、職場新聞は順調にできても仕上がりは夜中の十二時頃、失敗すると午前三時頃となる事もたびたびでした。

新聞ができ上がると、反省会だと言って、全員揃って酒を飲みに町へ出かけます。当時の牟岐町内には、造り酒屋が原酒を原価で飲ませる店があり、分会の組合員はこの店の常連でした。そのほかにもスナックやバーの類の店が二十軒ほどあり、どの店へ行っても組合員と鉢合わせになりました。当時の組合員は十代から二十代の若者が約半数で、小遣いも少なく現金では支払えないので、飲み代はツケにしていました。「青い服（電電公社の制服）はどこでもツケがきく」という時代で、電電公社の職員なら心配はないとの風潮で、まさに夢のような時代でした。

翌朝は遅くても午前七時頃には全分会役員、職場委員などが分会事務所へ集合します。簡単な打ち合わせをして、昨夜に作製した職場新聞の配布にかかります。まず宿直者のいる電話交換室と、電話交換機がぎっしりと並んでいる機械室の宿直者に配布します。正門前では「働く者の幸いを」で始まる全電通歌のカセットテープを大音量で流しながら、出勤してくる全員に（課長など管理者にも）一人ひとり手渡しします。

以上が一九七〇年代の春闘など分会活動の一部ですが、特に役員は寝る時間もなく、文字通り寝食を忘れて活動していました。これは全電通が特に真面目に活動していた面もありますが、全逓、国労、動労、全専売、全農林、全林野、全港湾、自治労、私鉄総連、合化労連、自動車労連など、どこの労働組合も存在感があり、いわゆる音の出る闘いに明け暮れ、労働者の権利は守られていたのです。

今は労働組合など有名無実となり、一九六〇年、七〇年頃の安保闘争などで全国から数十万人の労働者が押しかけ、国会を包囲したような戦いも皆無です。あの時代なら労働組合の力で今のデタラメ政権など一日で総辞職に追い込んでいたのに、と思うと残念でなりません。

日本で初の巨大ダム中止

事実は小説よりも奇なりと言われますが、一介のＮＴＴの職員から小さな村の村長になり、日本の行政史上誰一人なし得なかった建設省（現国交省）の巨大ダムを中止に追い込むという、奇跡が起きたのです。

私が建設省の巨大ダム・細川内《ほそごうち》ダムの中止を公約に木頭村長になったのは一九九三年、五十三歳の時でした。当時の私といえば政治経験は皆無で、当初は「建設省のダムが中止された例はないから、どうせ負けるのは明らかだ」とか「蟻と象の闘いに蟻が勝てる訳がない」と揶揄されたものです。私は薄氷を踏む思いで活動を続け「よく中止にできたものだ」と今でも思っています。

国会を中心に全国をかけ巡り、二〇〇〇年、日本の行政史上初めて国の巨大ダムを中止に追い込むことができました。この結果、田中康夫長野県知事（当時）の脱ダム宣言（二〇〇一年）など無駄な公共事業中止の魁《さきがけ》となったことは周知のとおりです。

四国の剣山山系を源に、紀伊水道に流れ込む全長一二五キロの一級河川・那賀川の最上流部が旧木頭村です。急峻な山々の麓に、棚田や段々畑と共に、先祖が平家の落人という家も多く二十箇所ほどの集落が点在しています。深い緑に包まれた村は、春はアメゴ（ヤマメ）、夏はアユ釣りでにぎわい、秋には高野瀬狭の関西屈指の見事な紅葉が川面に映えます。こののどかな村が、三十年間も建設省のダム強行に対決して「国のダムに反対する唯一人の村長」として、全国に知られた村であったことを知る人は少なくなっています。

拡大造林が始まって約二十年後の一九七六年九月、台風十七号が停滞し、木頭村では九月八日から六日間も大雨が降り続き、総雨量は二七八二ミリ、一日の最大雨量一一一四ミリを記録しました。台風が去った直後の同十三日、拡大造林の杉林が突然崩壊し、膨大な土石流が集落を埋め尽しました。この大災害で木頭村では死者六人、家屋、道路、橋梁、河川、農林施設など多大な被害を受けました。

一九九〇年代には災害復旧の砂防ダムなどの土木工事も少なくなり、建設省の巨大ダム・細川内ダム計画（高さ一〇五メートル、堤長三五〇メートル、水没家屋数十戸の多目的ダム）が再浮上したのです。当時の三木申三徳島県知事がダム建設をあらためて村へもちかけ、これに対し村議会は一九九二年十二月に全会一致で、一九七六年十二月、一九九一年三月に続いてダム白紙撤回要求を決議しています。

ところが、決議書を一年半も放置して県へ提出しなかった村議を筆頭に、ダム容認派の五村議に対するリコール運動が始まると、村長は辞表を置いて行方不明となりました。村民に向いてはダム反対、県などへはダム容認という優柔不断の姿勢が村政混乱に拍車をかけた責任を感じたものと推測されます。辞任の記者会見で「任期中に知事に村へ来てほしかった」とも発言しています。

しかし、この村長をはじめとして歴代木頭村長のダム受け入れ姿勢を、私は無理のないことだと当時も思っていたし、今もこの考えに変わりはありません。いずれの村長も戦前戦中の軍国主義教育を受け、お上（国や県など）の方針に反対姿勢を取ることは論外であり、その発想自体が無理だったと思われるからです。

当時も岡山県の苫田ダム、五木村の川辺川など全国各地で多くの住民が国の巨大ダムに反対していましたが、反対する首長は一人もいませんでした。住民が反対しているその他の公共事業などでも、約六〇〇〇人いた市町村長で国の公共事業に公然と反対していた首長は、ただ一人私だけだったのです。

火中の栗を拾う

十人の村議会はダム反対派五人対賛成派五人が真っ向から対立し、反対派が賛成派をリコールする署名集めも活発化し、そのうえ村長が雲隠れして村政は麻痺寸前となってしまったのでした。村会議長でダム反対で活動していた私の実兄は、反対派村長擁立の責任者として東奔西走していましたが行き詰まり、苦し紛れに私に押しつけてきたのです。

私は全電通（現NTT労組）などの労組役員を長年経験し国会議員とのパイプもあったので狙われたのです。当時の私の生活はすべて順調で、寝耳に水と断り続けていましたが、役場の職員が要請に来たり、ダム反対派の村議も揃って説得に来るなど、とうとう私は根負けしてしまったのです。こんな混乱した村政の火中の栗を拾う者は誰もいませんでした。一九九三年四月十二日の村長選挙の告示日に他の立候補はなく、私が無投票で当選しました。

海部郡日和佐町（現徳島県三波町）に住んでいた私は、二十七年ぶりに故郷へ帰ったものの、約七割の村民がダム反対とは言え、ダム反対派の議員や一般住民のダムに対する知識、反対運動の理論武装などは、素人の私からしても極めて貧弱に見えました。

そのうえ、大きく分けて八つある集落の代表者のすべてがダム賛成者で占めていたのです。就任から間もない五月下旬、ダムの水没予定地・平野地区の集会で、ダム賛成派から「村長が建設大臣に会えるはずがない」と言われました。この発言のように政治経験のない私を、何もできないのではないかと多くの村民は見ていたと思います。

私はすぐに行動を開始しました。私の就任の翌日、四月十三日に建設省は細川内ダム調査事務所から工事事務所に突然格上げするという、木頭村の民意を無視すると同時に、私への挑戦状を突きつけたのです。これには即刻、反対村議と共に細川内ダム計画の即時中止の抗議をしたことはもちろんです。

間髪を入れずに大臣と知事へ

村長に就任してわずか四か月後の一九九三年八月、早くもダム推進派の建設業者などが中心となって、私へのリコールを画策しているとの情報を入手しました。これには先手を打たなくてはならないと考え、全村内からダム反対署名を集めました。

一か月後の九月、村内の有権者の七十五％にあたる一三二一人のダム反対署名を集め、反対派村議と共に国会へ向かい、当時の五十嵐広三建設大臣に面会して手渡し、ダム計画の中止を強く訴え、「ダムは強行しない。よく木頭村と話し合うように知事に伝える」との答弁を引き出しました。

十月に当選した円藤寿穂徳島県知事にもダム中止を申し入れ、①ダムは強行しない、②村と県は十分話し合う、③県のダム関係予算は凍結する、④国への最重要要望事項にある「ダム建設」を取り下げる、などの大きな確約を引き出しました。県議会でも同知事は「(ダムを)やらない場合もありうる」と答弁して、これはＮＨＫの全国放送で大きく報じられましたが、なぜかこんな大ニュースが放映はたったの一回だけでした。自民党や大手ゼネコンから、ＮＨＫと知事の両方へ圧力があったものと推測されます。その証拠に知事は前記の私との公的な約束をすべて反故にして、ダム推進の県政に邁進したからです。

一方、那賀川下流の阿南市、鷲敷町(現徳島県那賀町)などで「細川内ダム反対草の根同志会」など、木頭村のダム反対を支援する住民団体が県内の多くの市町村で発足しました。

長良川河口堰反対集会でも各地から集まった約一万人を前に、私は全国で国のダムに反対しているのは木頭村だけだと支援を訴えました。このようにして、県内はもとより日本全国のダム反対の団体や自然保護団体などに、「木頭村のダム反対」は大きく広がり始めたことは言うまでもありません。

自治体で初めてダム阻止条例

ドイツの法律学者のイェーリングは約一〇〇年も昔の著書『権利のための闘争』で、一切の権利は闘い取られたものであり、権利を主張する闘いを怠ってはならない旨を説いています。木頭村の約三十年間の細川内ダム計画反対闘争の集約として、井口博弁護士の指導により、村民の権利を盛り込んだ「木頭村ふるさとの緑と清流を守る環境基本条例」と「木頭村ダム建設阻止条例」を日本で初めて一九九四年に制定しました。

この条例で村が国、県に対し、ダム中止勧告が可能となる一方、森林保護、清流保護、地球環境保護等の立場から、個人のダム建設予定地をナショナルトラストに結びつけることを可能にし、国や県がダム建設予定地の取得を防止して、村独自のダムによらない地域振興計画を作ることを定めています。条例で直ちにダムを阻止できる訳ではありませんが、村が全国の自治体で初めて自治権の主体として、ダムの建設を阻止するためのいくつかの手続きを規定したことは、真の地方分権・ダム中止へ向けての意義は極めて大きなものでした。

マスコミにも気を使い、地元の徳島新聞などには村長室のすぐ隣のダム対策室を記者室兼用にして、毎日のようにダム関連の記事を書いてもらいました。毎日、朝日、読売、日経などの大新聞にも連載記事などで大きく取り上げられたことはもちろんです。そのほか共同通信社、時事通信社、東京新聞、北海道新聞、中日新聞、西日本新聞、熊本日日新聞なども、何回も木頭村を取材して大きな特集記事などが掲載されました。テレビもＮＨＫはじめ民放局が全国ニュースや長時間番組で放映しました。本屋さんで売られているような月刊誌や週刊誌には現地取材の連載記事などが掲載されました。

私自身も東京新聞の「本音のコラム」に毎週執筆するなど、多くの取材に応じたり全国各地へ出かけ、集会などで木頭村のダム反対への支援を訴えました。大々的なマスコミ報道もあり、細川内ダムの闘いは全国に知られ、多くの国会議員、弁護士、学者、自然保護団体などにも注目されるようになりました。

徳島県を見切り、国会の場へ

徳島県知事とは一九九三年当初の約束通り「ダム問題は真摯に十分話し合って結論を出す」との前提で、公式の話し合いを続けましたが、話し合いの最中に県や建設省が木頭村でダム建設を前提とした説明会を開いたり、同じくダム建設のための生活相談所を村内に構えるなど、約束違反を繰り返すばかりで、三回の話し合いは何の成果も無く決裂しました。

このような、ダム中止の権限も無く建設省の出先機関のような徳島県を相手では、いたずらに時間が経ち、相手に生活相談所などの既成事実を積み上げられ、不利になるばかりなので、戦法を転換して国会対策に力を集中することにしました。

衆議院議員草川昭三氏（当時）の協力と、水源連の嶋津暉之、遠藤保男の両共同代表のご尽力で、橋本内閣（当時）へ質問主意書を一九九五年六月から三回も提出して頂き、細川内ダムの建設理由である治水、利水に確たる根拠が無いという、決定的な答弁書の引き出しにも成功しました。

この答弁書は詳細かつ膨大な書類で、建設省がダム問題についてこのような内容で真摯に答弁した例は無く、私はこれで細川内ダムは中止にできると確信しましたが、その後も取り組みは大きく前進し、実際にだんだんと中止に向かいました。

細川内ダムの闘いが全国区になった頃、建設省はこれまでのダムはすべて強行から、初めて中止へ向けて方向転換をしました。これが一九九五年に開始された建設中のダムなど大規模な公共事業の目的、内容等の事業評価を透明性、客観性を確保するため、住民の意見を聞き、中止、変更、継続を判断するとした「ダム等審議委員会」です。

しかし、木頭村は細川内ダム審議委員会設置の申し入れに対し、①知事が委員を推薦するのでは、真の審議委員会は期待できない、②計画を推進しながらの審議委員会はその目的とも矛盾するので、計画の撤回など八項目の要求をしてダム審議委員会入りを拒否しました。木頭村のこの強固な態度に亀井静香建設大臣は審議入りへの妥協策として、「牛のよだれのようにずるずるとやるわけにはいかない、細川内ダム予算は一時凍結する。一九九八年度予算はつけない」と記者会見で発言され、いわゆる「牛のよだれ発言」に至り、その後予算は全くつくことがなく、事実上の細川内の中止へ向けて大きな一歩となりました。

三十年の悲願、完全中止

私が全電通の徳島県支部の専従役員だった一九七〇年代に、全電通中央本部の委員長だった及川一夫さんが当時は参議院議員で、建設大臣は亀井静香衆議院議員でした。同じく衆議院議員の徳田虎雄氏と亀井静香氏は懇意な間柄であることを、以前に徳田氏の自由連合の選挙の応援をした時分から私は知っていました。及川参議院議員と全電通本部の役員にも木頭村まで現地視察に来てもらい、東京でも何回か打ち合わせをして及川参議院議員が国会で質問をして建設大臣から「ダム中止の答弁を引き出す」作戦を練りました。

一方、徳田虎雄衆議院議員にも東京の事務所で何回も面会して、最終的に私の目の前で徳田虎雄衆議院議員が亀井静香建設大臣に電話をかけ「ダム中止の答弁」に向けて理解を促されました。その後も議員会館や事務所で両議員や秘書の方などと面会し「国会答弁」の念押しをお願いするなど可能な限りの体制を整え、いよいよダム中止への確信は深まるばかりでした。

忘れもしない一九九七年三月十二日に、私は役場のテレビで国会中継を今か今かと見つめていました。いよいよ及川一夫参議院議員の質問に亀井静香建設大臣が「私の故郷の村もダムの底に沈んだから、木頭村の細川内ダムのことはよくわかっている。私の任期中に決着させる」との答弁で、これは一時休止から一歩踏み込んだ決断で中止宣言となりました。

その後も、木頭村の国会を中心とした取り組みが成功して、三党合意により自民党が公共事業を見直すダムに細川内ダムを選定せざるを得なくなり、最終的に二〇〇〇年十月十二日、事業主体の四国地方建設局の事業評価間監視委員会で「細川内ダム中止」が決定しました。

あとがき

この本は月刊誌「むすぶ」（ロシナンテ社）に、二〇一四年十一月から二〇二〇年四月まで連載した一部の原稿に加筆訂正したものです。

一九四二年（日米開戦の翌年）の私が三歳の頃から、一九六〇年代まで「百年一日の如し」で、私の周りの山、川、田園の風景は何も変りませんでした。山では毎年同じ場所に美味しいコウタケ、ネズミダケ、キクラゲなどが生え、川の淵へ潜れば、大きなアメゴがすくんで（隠れて）いる岩屋はいつも決まっていました。稲穂が出た田の畔を歩くと、ドーッと何百匹ものイナゴが飛び散っていました。もうこんな山、川、田園は、どこにも無いでしょう。

平坦な陰集落から石畳などのある細い道を降りて、ゆらゆらと那賀川の吊り橋を渡った対岸を一五〇メートルほど下流へ向かうと大明地谷に土橋が架かっていて、そこから人もすれ違えないほどの狭くて急峻な坂道を約二〇〇メートル登ると大城集落からの三叉路で、横に用水路が流れていました。用水路に沿って約三〇〇メートルのところに米などをつく水車が回っていて、ここから鬱蒼とした杉林の中の石段などの曲がりくねった細い道を七〇〇メートルほど登り、石橋を右側へ曲がるとやっとO家にたどり着くのでした。約二〇年前に、昔の面影が残る坂道を探して少し歩いてみましたが、急峻で道を覆っている草木につかまらないと歩けませんでした。通学や用事の使いなどで子どもの頃はこの道を、下駄を履いて飛ぶような速さで、一日に何往復もしていたことが不思議でなりません。当時は春の田植え時期と、秋の取り入れの頃には学校の農繁休みがあり、子どもたちも一斉に農作業を手伝うのがごく当たり前のことでした。ところが、私のように年間を通じてほぼ三六五日、農林業の手伝いをしていた子どもはあまりいなかったように思います。私が手伝いを始めた頃から一九六〇年代始めまでは、今でいう完全無農薬・有機栽培で、米に虫がわく、キャベツにはヨトウムシが穴を開けている、柿はヘタに虫が付いて黒くなっているのがごく普通でした。ボロキレは足中（わらで作る草履）に編み込む、食べ残しは牛の餌、スエ飯（腐り始めたご飯）は甘酒に、ゴミとして捨てる物は腐った釘と茶碗のかけらだけでした。このような昔の木頭村の生活を少しでも感じ取って頂ければ幸いです。

最後になりましたが、東京シューレ出版の小野利和さん、挿絵を描いて下さった玄番真紀子さん、連載から出版までご苦労をおかけしたロシナンテ社の四方哲さんに、心からお礼を申し上げます。

木頭村——その山河が問いかけるもの

著者略歴

藤田　恵（ふじた　めぐみ）

元木頭村村長。1939年徳島県木頭村（現那賀町）生まれ。中央大学法学部通信教育課程卒業。NTT職員、毎日新聞特約記者などを務める。1993年、「細川内ダム建設計画」反対を公約に村長に就任。2000年、日本の行政史上初めて巨大ダム計画を中止に導く。村長退任後、「日本熊森協会」顧問、「水源連（水源開発問題全国連絡会）」顧問、現在各地で講演活動を行う。

著書に『脱ダムから緑の国へ』（緑風出版）『国破りて山河あり』（小学館）など

発行日　2020年10月20日 初版発行

著者　藤田 恵

発行人　小野 利和

発行所　東京シューレ出版

〒136-0072

東京都江東区大島7-12-22-713

TEL／FAX　03-5875-4465

ホームページ　http//mediashure.com

E-mail　info@mediashure.com

装丁　髙橋 貞恩

本文デザイン　髙橋 貞恩

イラスト　玄番 真紀子

写真提供　玄番 真紀子

DTP制作　イヌチ企画

印刷／製本　モリモト印刷株式会社

定価はカバーに印刷してあります。

ISBN　978-4-903192-38-3　C0036

Printed in Japan